Herbert Achternbusch

Happy oder Der Tag wird kommen

Roman

Suhrkamp

Umschlagfoto: Columbia Warner, London

suhrkamp taschenbuch 262
Erste Auflage 1975

Druck: Nomos, Baden-Baden.
Printed in Germany.
Umschlag nach Entwürfen von
Willy Fleckhaus und Rolf Staudt.

Ich habe einmal geliebt . . .
und habe alles verloren.
Ich habe alles wiedergewonnen –
nur nicht sie.

Happy

Es ist niemand im Haus.

Die Chefin nicht. Nicht einmal diese Spanierin. Erwin! Der Chaufför ist weder im Garten noch in der Garage. Vielleicht ist er ganz unten im Garten?

Wenn niemand da ist, dann trinke ich von der Chefin ihrem Whisky, diesen Ballantine's. Der fehlt mir sowieso den ganzen Tag zu meiner Virginier. Happy! heißt es den ganzen Tag, tu doch diese gräßliche Virginier wenigstens aus dem Mund, wenn du den Kartoffelbrei anrichtest. Statt zu fragen: Happy , einen Ballantine's? sagt sie das! Ich könnte fluchen.

Ich ging also ins Haus zurück und trank von dem Whisky der Gnädigen.

Der Wellensittich ist nämlich ausgebrochen und wieder davongeflogen. Ausgebrochen ist übertrieben. Entlassen ist besser. Immer habe ich den Wellensittich ausgelassen, wenn ich die Bewohner des Hauses auf meine Unzufriedenheit hinweisen wollte. Diese Spanierin! Neu in der Küche, und ich soll sie anlernen. Ein Ersatz, als würde ich alt werden. Der Spanierin wollte ich immer auf die Augen langen, weil niemand von uns so schwarze Augen hat. Ich wollte wissen, ob es sich hierbei tatsächlich um Augen handelt. Das hat sie geschreckt.

Das ist noch nie der Fall gewesen, daß niemand zuhause ist, wenn ich den Wellensittich auslasse! Da trinke ich noch einen Schluck. Da sind die Wellensittiche vom Hinteren Zimmer auch mitgeflogen: das ganze Haus war leer von Lebewesen.

Das ist die einmalige Gelegenheit, in der Frühlingswärme im Sonnenschein, im Teich unten von Blattwerk umschlossen, zwischen Seerosen im Schlauchboot zu liegen. Das Schlauchboot hat Erwin aufgepumpt. Erstkommunionkind! Das sage ich zu mir. Ich erlebe meine eigenen Zustände! Zwei Ventile! Du kannst nicht untergehen, Happy! Wenn du ein Loch im Schlauchboot hast, hast du noch lange kein zweites. In der Zwischenzeit lernst du das Schwimmen. Du schwimmst weg, Happy. Immer im Kreis weg, haha... Ich winkte mit der Flasche und sang das schöne Lied »Whisky Leave Me Alone« aus dem Film »The Big Sky« von Howard Hawks, den ich Tage zuvor im Fernsehen gesehen hatte. Kirk Douglas singt das.

Du tust nichts und siehst den Himmel offen.

Du verschränkst die Arme und trittst mit den Füßen. Da meint ein jeder, du bewegst dich von selbst. So ein modernes Schlauchboot hat schon was zu bieten. Mit Bar – so ein Komfort. Ich schau sie an, aber mir zittert die Hand: so leicht könnte die Bar durch die Finger rutschen und im Wasser untergehen. Ich weiß nicht, daß ein Schlauchboot so viele Stangen haben muß, Paddel. Weil ich auch alle zwei auf einmal halten muß. Mit den Händen paddeln, war meine Idee. Ich stieß mich weiterhin an. Wer Paddel sagt, muß auch Pedal sagen.

Und ich stand auf und sagte: Der Tag wird kommen, daß ich von hier weggehe! Ich fiel dabei ins Wasser und mußte mich umziehen. Ich eilte auf mein Zimmer und holte aus dem uralten Hochzeitsschrank meiner Urgroßmutter, der mich bis dahin überallhin begleitet hatte, aus dem Jahre 1852, meinen schwarzen Anzug. Er war nicht gereinigt seit den 17 Jahren, da ich ihn zum letzten Mal getragen habe. Ich kann mich noch an die dunkle Frage erinnern: Warum ziehe ich meinen schwarzen Anzug an?

Heute trage ich nach all den Jahren nur noch einen weißen Anzug. Muß er in die Reinigung, lasse ich mich einfach nicht blicken. Ich will nicht in dem Glauben leben, daß es zwei weiße Anzüge gibt.

So, jetzt habe ich alles, was ich brauche. Und jetzt gehe ich. Bevor ich nüchtern werde, da muß ich schon unterwegs sein. Ich lebe ja nur noch. Mehr war es damals wirklich nicht. Ich ging durch das Zimmer. Der Kaktus brauchte mich nicht, der konnte allein jedes Jahr seinen Zentimeter wachsen.

Ich verlasse dieses Haus erst dann, wenn meine Chefin gestorben ist. So sah es aus. Und jetzt die Spanierin, sie kam mir gerade recht, wie ich heute weiß. Ich lese mein Leben lang die Kleiderklumpen vom Boden auf. Kopfschmerzen bekommst du von dieser unordentlichen Lektüre! Ich sah den Federball im Gebüsch gegenüber, den ein Orkan neulich nicht heruntergebracht hatte. Spatzen schreien ins Zimmer. Da stehe ich und bin beleidigt, daß ich lebe. Ein altes Fahrrad hatte ich aus dem Gartenschuppen mit auf mein Zimmer gebracht. Ich lasse das Fahrrad liegen, damit ich denken kann. Aber einen, der Fahrrad fahren kann, erwischt man nicht so leicht, der kommt fort. Ich dachte dabei an die Wellensittiche und wollte schon nicht mehr ausbrechen und dachte, sie mit dem Fahrrad leichter einholen zu können. Die Vorteile des Gepäckträgers bedenken. Da hängt der Fetzen eines Kleiderschutznetzes, den reiße ich doch weg. Tatsächlich, ein Damenfahrrad. Ein Damenrad kann ich getrost liegen lassen. Ein Fußgänger geht zu Fuß. Ich war wirklich sehr verwirrt. Hätte ich ein Fahrrad gehabt, bevor ich zu gehen anfing, dann wäre ich ein gebürtiger Radfahrer geworden, der nicht wählerisch ist. Ich schüttelte noch einmal meinen Teppich zum Fenster hinaus aus.

Wer den Teppich einen Teppich sein läßt, ist meiner nicht wert, hörte ich das bekannte Wort aus der Bibel. Es bedeutet mir etwas, etwas zu sagen. Auf dem Fahrrad fiele mir nichts ein. Das Fahrrad ist ja so alt, stellte ich fest. Das ist ja eine Freude, das wegzuwerfen. Ich wollte die Knöpfe des alten Zweireiheranzugs schon nicht mehr zuknöpfen. Aufschläge hat er auch, der Anzug. Aber die sollen wieder in Mode gekommen sein, wußte ich gerade noch. Beim Gehen merkt man nicht so, wie alt der Anzug ist. Happy, beide Hände tust du nicht in die Hosentaschen! Jaja. Eine Hand tut auch der Präsident von Amerika hinein. Und hier ist mehr als ein Präsident! Die augenblickliche Schwäche war überwunden und ich trank noch einen Schluck. Ich hielt die Flasche in die Luft, um sie gleichsam noch jemand anzubieten. Mit diesem Fahrrad kann nur fahren, wer Fantasie hat. Und wenn du dich auf ihm bewegst, merkt man von dem Alter deines Anzugs gar nichts. Wenn ich es mitnehme, schränkte ich ein, dann nur, um es auf den Müll zu werfen. Das darfst du nicht einmal schieben, um keine Ordnungsstrafe zu riskieren. Das kannst du nur tragen. Und da mußt du aufpassen, daß es nicht auseinanderfällt. Daß dir nicht ein Stück auf die Füße fällt. Ich binde die Einzelteile erst mit einer Schnur fest. Das Blech könnte die Schnur durchschneiden, da wickle ich besser das Sakko rum und schnüre es dann ein. Es war ja kein kalter Tag . . . So Happy!

Eigentlich heiße ich Herby, aber meine Chefin nannte mich bald Happy, sie wird schon wissen warum.

Das Bündel gibt keine Ruhe auf meinen Schultern. Was fiel mir noch ein? Der Stein fällt mir noch ein, den ich dreimal am Tag geküßt habe. Ein jedes Mal war es eine Erleichterung. Ein Ziegelstein im Mauerwerk auf dem Speicher. Auf dem Speicher hätte ich nicht radfahren können. Das wäre zu laut gewesen. Aber hinauftragen hätte ich es können. Und herunter. Oder oben lassen! Heimlich hätte ich auf dem Speicher das Radfahren lernen können.

Das Rad, das nehme ich mit. Das werfe ich nicht weg. Mit dem lerne ich. Vielleicht lerne ich das Radfahren noch. Oh Welt, wie bist du schön! Wir sind auf der Welt, um die Welt schön zu finden. So ist es. Da war ich schon unterwegs, schiebend zwar. Wie kann nur etwas so befreiend sein? Wie gerne hole ich den Wellensitttich, denn schon morgen lerne ich das Fahrradfahren. Morgen mor-

gen negrom.
Morgen?

Runter mit dem Fahrrad vom Rücken! Runter mit den Schnüren! Runter mit dem Sakko! Runter mit dem Sattel, der ist etwas zu hoch für mich, ach was! Hinauf auf das Fahrrad hoho, das geht aber schnell! Wo wird das enden? Herrlich!

Und alles hat einen Zweck: hinunter von der Höhe des Würmtals. Ich nähere mich Gauting. Unter dem ist ein Erdbeben.
Wusch!

Hallo Mutter, schön wars auf dem Schiff. Aufräumen macht Spaß. Ich habe dir etwas Schönes mitgebracht, ein Fahrrad aus Bali. Jetzt haben alle Sorgen ein Ende. Stell dir vor, das Fahrrad fährt. Wir werden reich! Oh Mutter! Ich glaube, ich spinne! Kinder ist das Leben schön. Was sollen wir uns Geldsorgen machen, wenn wir Geld haben. Wenn ich keines habe, kommen die Geldsorgen auch. Dann sorge ich mich, mein Gott, werde ich mich sorgen! Da sorge ich mich einfach zu Tode. Viele viele Tode, bis ich sterbe. Und wenn ich wieder Geld habe, dann lache ich mir ein Mädchen an, Gott, wie ich lache! Mutter, du mit deinem Zwiebelschneiden, da muß man ja richtig weinen. Ich bin noch gar nicht so richtig da. Ich komme schon. Ich komme. Schau dir das Loch an in der Wand, wenn das nicht lustig ist, da bin ich reingekommen. Da klebe ich Haare rum. Jetzt hörst du aber auf! Ich höre auf. Oh Mutter, ich bin kein Fußgänger mehr. Ich bin ein Radfahrer. Nie wieder gehe ich einen Schritt zu Fuß. Wie ist zum Freuen die Anwesenheit der Mutter nötig. Ich bin happy. Wer nicht empfindet, wird schwerlich seinen Geist entdecken. Ich kann 20 Mal das Radfahren lernen. 200 Mal. Und habe ein jedesmal wieder die Freude einer Errungenschaft! Aber ich möchte wieder einmal mit einer Frau schlafen . . .

Da sah ich einen Polizisten auf mich zukommen. Wie

schnell ich da bremsen und absteigen konnte! Wir sind uns bekannt, aber nicht im Amt. Ich bin schon halb privat gewesen: ich habe nicht mehr zu meinem Arbeitsplatz zurückkehren mögen. Aber erkläre einem Staatsbeamten etwas! Habe ich den Wellensittich ausgelassen, stotterte ich. Niemand läßt einen Wellensittich aus, gab ich mir an der Stelle des Polizisten zur Antwort, denn er sagte nichts. Er war zufuß, ein typischer Fußgänger. Ich war bis zum Mund voller Entschuldigungen: Niemand, sagte ich, läßt einen Wellensittich zweimal aus, außer er fängt ihn einmal ein. Dessen konnte ich mich rühmen. Wenn er ihn zweimal einfängt, kann er ihn dreimal auslassen. Dann wird es der Wellensittich gelernt haben, das Zählen. Wenn dann der Auslasser an den Käfig des Wellensittichs herantritt, sagt er: Zum fünften Mal. Je nachdem. Holt der Einfanger den Wellensittich vom Tannenbaum, sagt er: Fünfmal. Auslasser und Einfänger können auch ein und dieselbe Person sein. Mann oder Frau. Wenn natürlich der Wellensittich das Zählen lernen kann, kommt er eines Tages von alleine zurück. Und dann dauert es nicht mehr lange, daß er allein wegfliegt und zurückfliegt. Dann wird das ganze Personal unsinnig, das ihn eingefangen und ausgelassen hat. Selbst den Käfig kann man dann wegwerfen oder verkaufen. Aber so weit ist das noch nicht. Das wäre eine ideale Lösung. Aber einer wie ich, der Wellensittiche auslassen und einfangen kann, von was lebt der dann? Wenn ich jetzt nicht wüßte, daß ich den Wellensittich meiner Chefin einfange, dann, wenn ich ihn erblickt habe, hätte ich gar keine Gelegenheit, das Fahrrad wegzustellen und eine Kletterpartie zu machen. Hoch in den Bäumen, dem Vogel ganz nah. Dieses Rad pappt an meinen Händen. Der Polizist ließ das Fahrrad nicht aus seinem Auge.

Suchen Sie etwas, mein Herr? So scheinheilig fragte er. Kann ich Ihnen irgendwie behilflich sein?

Ich: Einen Wellensittich suche ich. Grün ist er. Sie sind

auch grün. Aber der Wellensittich, den ich suche, ist etwas heller. Und auf einem Baum sitzt er vermutlich. Auf einem Zweiglein ganz draußen. Da müssen Sie aufpassen, daß Sie nicht herunterfallen.

Polizist: Zeigen Sie mir doch einmal Ihr Fahrrad! Wenn Ihnen da die Hinterbremse versagt, mit dieser Handbremse bringen Sie das Fahrrad nicht zum Stehen. Was steht denn hier für ein gefährliches Blech weg! Was meinen Sie, wenn Sie da einen Bürgersteig entlangfahren und einem Fußgänger nahe kommen und seine Beine verletzen, wie teuer Ihnen das zu stehen kommt! Und im Hinterreifen haben Sie keine Luft! Was sagen Sie dazu?

Er bediente sich meiner Klingel. Die Klingel ist in Ordnung, sagte er. Aber mit der Klingel allein können Sie nicht radfahren. Ansonsten besteht Ihr Fahrrad aus nichts als aus Mängeln. Ein Delikt könnte ich Ihnen noch nachsehen, aber durch diese Anhäufungen werden Sie ja gemeingefährlich. Äußern Sie sich bitte dazu!

Ich war sprachlos und stellte mich am besten dumm, dann kann man immer noch etwas sagen, wenn es schon sein muß.

Also wissen Sie, sagte ich, mein Onkel, das ist ein Tagelöhner gewesen. Tagedieb können Sie auch sagen. Meine Chefin sagt immer: Gar nichts ist er gewesen. Nicht einmal dein Onkel, sagt sie, weil sie sagt, daß ihr Bruder mein Onkel ist. Nicht Ihr Bruder, Herr Polizist, ich meine, wenn wir zwei uns schriftlich unterhalten täten, dann hätte ich das Ihr klein geschrieben, das weiß ich schon, aber das würde Ihnen ja viel zu lange dauern, daß wir zwei, Sie und ich, jetzt einen Briefwechsel beginnen. Wir haben ja nicht einmal einen Postboten zwischen uns. Daß wir uns die Briefe reichen, das wäre ja dumm. Und deshalb unterhalten wir uns ja mündlich, weil das so einfach ist, sagte ich.

Fassen Sie sich kurz, Mann Gottes! Bevor ich die Geduld verliere. Sie können nicht über alles reden. Was würden Sie nicht alles über ein Auto verzapfen! Sagen Sie endlich etwas zu dem fahrlässigen Zustand Ihres Fahrrades!

Ich fasse mich kurz. Ich habe einen Onkel gehabt, der war bestimmt nicht lang, keine 2 Meter war der! Meine Tante, zugleich seine Frau, war noch kürzer und machte vor allem einen kurzen Eindruck, am kleinsten war sie bei Einbruch der Dunkelheit, weil sie immer leicht gebeugt ging oder schwer gebeugt, je nachdem, wer sie angeschaut hat. Meine Tante also hat meinen Onkel um ein Pfund Grieß ins Kolonialwarengeschäft geschickt, wie es halt so ist. Mann, wird sie gesagt haben, ich weiß nicht, was ich heute kochen soll. Du hast alles versoffen, aber ein Pfund Grieß werden wir schon noch auf Kredit kriegen. Hol dieses Pfund und paß auf, daß dir die Rogl nicht platzt. Wissen Sie, Herr Polizist, was eine Rogl ist?

Nein.

Das haben Sie in Ihrer Ausbildung nicht gelernt, sagte ich, weil Sie ein Polizist geworden sind. Wären Sie ein Sprachenforscher geworden, dann wüßten Sie es, je nachdem. Denn ein Russischforscher dürfte das auch nicht wissen, vielleicht hieße dann Rogl auf deutsch Wellensittich. Wo wird er denn sein? Der Hansi. Geh, wollen Sie nicht den Baum ausreißen. Vielleicht sitzt er auf dem Baum. Dann könnte ich ihn herunterpflücken, wenn Sie den Baum zu mir herneigen.

Polizist: Weiter! Sie sind ja sehr witzig.

Happy heiße ich. Stellst dich ihm wieder einmal vor, dachte ich mir.

Pankofer, er.

Sonst nichts? fragte ich.

Er: Alfred, aber das können Sie sich sparen.

Einem Polizisten gegenüber komme ich mir immer hoffnungslos dumm vor. Und wann stößt du auf keinen Polizisten? Aber ich wollte nicht schweigen, sonst hätte er endlich recht gehabt. Haben Sie im Ernst gemeint, sagte ich, ich zahle für Ihren Vornamen? Da gibt es Leute mit 3 Vornamen und mehr. Also machen wir weiter. Ich brauchte ja bloß so lange zu reden, bis er sein blödsinniges Inkognito aufgibt, und mich gehen läßt. Also meine Chefin hat das nicht gern, daß ich von meiner Verwandtschaft spreche, sagte ich. Sie meint, daß ich mit meiner Verwandtschaft so eine Unruhe in ihre Verwandtschaft bringe, und ich sollte mich der Einfachheit halber zu ihrer Verwandtschaft bekennen, was aber nicht so einfach ist, wenn du selber eine Verwandtschaft hast. Also meine Tante ist mit dem Besen und der Kehrschaufel mitten in der Nacht auf die Straße gerannt, hat den Grieß zusammengekehrt, der aus der Tüte, das ist nämlich eine Rogl, gerieselt ist, weil die Tüte geplatzt ist, weil es nämlich meinen Onkel hingehauen hat auf die Straße, so daß ihm die Rogl davongeflogen ist, und geplatzt ist sie auch, weil er zwar auf dem Hinweg gerade über die Straße zum Kolonialwarengeschäft gegangen ist, aber beim Rückweg ist er eine Schräge gelaufen, so schräg hinauf zum Wirtshaus. Von einem Umweg kann nicht die Rede sein. Jeder, der ein wenig Zeit hat, nimmt so einen Umweg in Kauf, wenn das Wetter einigermaßen ist. Da ist es dann passiert, auf dem Heimweg, das Malör mit dem Grieß. Fragen Sie nicht, was meine Tante für einen Zirkus gemacht hat. Also ich bin ja der Ansicht, daß er in seinem Zustand nicht die Grießkörner aus dem Staub hätte klauben sollen. Was meinen Sie?

Polizist: Ich warte auf etwas ganz anderes. Ich bin neugierig, ob ich das von Ihnen noch erfahre. Neugierig wurde er, das ist schon etwas.

Wenn er nämlich die Grießkörner gesucht hätte, fuhr ich fort, hätte er dic ganze Straßenordnung gefährdet, wenn sie jetzt zu dieser einsamen Stunde in Kraft gewesen wäre. Sie war nicht in Kraft, weil kein Auto gefahren ist und nur ein betrunkener Polizist auf der gegenüberliegenden Straßenseite mit seinem Fahrrad gestritten hat, das seinem Hang heinzukommen widerstanden hat. Das altwertige Gestell wollte ihn in den Graben ziehen, den Polizisten, damit er auf eine Betonecke aufstößt, über einen Schlammbuckel rutscht und ersäuft, wenn er nicht aufpaßt auf sein dummes Fahrrad, das davon keine Ahnung hat. Saublödes Fahrradel, schreit er, der Polizist, da gehst her, was rennst in der Gegend rum und hast keine Ahnung von der Gefährdung der Nacht, keinen Dunst von den Schrecken des Wassers, du rostfleckige Sau! Er hat mit seinem Rad gescheppert, um es zur Räson zu bringen, wie man so sagt. Jetzt frage ich Sie, Herr Polizist, weil wir schon beisammen sind, ob die Straßenordnung in Kraft ist, wenn auf der Straße kein Auto fährt und ein Polizist ein Rad schiebt ohne Beleuchtung und er selber betrunken ist und ein normaler Betrunkener jenseits dieser einen mit einem betrunkenen Polizisten mit seinem Rad versehenen Straßenseite in Kraft ist, ob sie in Kraft ist, wenn er ein Licht hat, aber doch betrunken oder wenn es Tag ist und er hat einen Rausch oder wenn dann ein Auto kommt oder wie ist das? Hm?

Polizist: Also da wäre zu sagen, daß die Verkehrsordnung immer in Kraft ist. Die Kraft ist immer da. Wenn natürlich ein Verkehrsteilnehmer so viel getrunken hat, daß er zu schwach ist, sich nach dieser Kraft zu richten – Moment, wo steht denn das . . . er blätterte in seiner Verkehrsordnung, fand aber den entsprechenden Paragrafen nicht gleich.

Ah, diese Rechnung, sagte er, muß ich auch noch bezahlen. Gut, daß ich sie jetzt gefunden habe. Wer hätte das geglaubt, daß ich sie daherinnen habe. Da wird die Lieselotte froh sein!

Ich: Lieselotte heißt Ihre Frau. Ein schöner Name. Ich finde, die Luft ist heute so flau.

Polizist: Es ist schwül. Kennen Sie meine Frau?

Ich: Ist sie blond? Macht einen jugendlichen Eindruck. Mir gefällt sie, weil sie sich manchmal so rasch bewegt, zum Beispiel, wenn ihr was hinunterfällt, wie schnell die was aufgehoben hat! So eine Schwüle! Ich glaube, daß es einen Wetterumsturz gibt. Ich bin nämlich wetterfühlig, wie jeder dritte.

Polizist: Ich bin wetterfühlig wie jeder zweite, eine Gewitterfront nähert sich, das sage ich. Alfred, sagt meine Frau oft zu mir: Wir müssen den Happy einmal zu uns einladen. Der mag doch blöde werden, wenn er immer mit diesen Reichen umgeht. Jetzt kennt ihr euch schon über 20 Jahre und seid ihr im selben Ort aufgewachsen, sagt sie, und noch kein einziges Mal hat er uns besucht. Wahr ist es! Gell, jetzt schaust du einmal vorbei bei uns. Heute hast du mich aber schön reingelegt!

Ich: Was ich noch sagen wollte: Wie geht es denn der Lotte, wenn sie immer so allein ist? Hat sie da auch so viel Arbeit? Ihr habt doch keine Kinder. Das ist es ja. Zur Zeit ist es nicht so schlimm, weil dem Waldi sein Bein nicht heilt, da muß sie ihn jeden Tag ein paarmal die Treppe heruntertragen und damit ist sie schon sehr beschäftigt.

Polizist: So ist es. Neulich ist sie bei dem Beamten von der Erwachsenenbildung gewesen und hat den gefragt, ob sie noch was lernen kann. Aber der hat gesagt, daß Hausfrau kein Beruf ist, weil sie kein Angestelltenverhältnis hat. Und wenn das kein Beruf nicht ist, dann kann sie auch nicht weitergebildet werden, weil sich ja dann das Weiter erübrigt, weil nichts vorhanden ist, für das es eine Unterstützung geben könnte. Sie hat gesagt, daß sie zum Türklinkenputzen Sidol nimmt, aber das hat nichts geholfen. Wie sie gestritten haben, ist er nicht einmal aufgestanden. So ein unhöflicher Mensch, hat sich die Lotte gedacht, der will gebildet sein. Muß man wieder lachen auch. Komm suchen wir deinen Vogel. Aber weißt du, daß ich einmal im Dienst einen sitzen gehabt habe, brauchst du nicht so in der Gegend rumbrüllen. Möchte nicht wissen, wie oft du in deiner Küche angestochen bist.

Ich sagte, daß so ein Vogel auch was für seine Frau wäre. Ich weiß das von meiner Chefin, was so ein Vogel für eine Beschäftigung sein kann.

Jetzt kommt erst die Kehrseite der Medaille, laß es dir erzählen. Wie nämlich meine Tante mit dem zusammengesammelten Grieß nachhause gekommen ist, hat sie das zweite Malör gesehen: ihr Kanarienvogel hat es nicht überlebt, daß ihm mein Onkel, der von der Grießkörneraufklauberei so nervös gemacht, alle Federn ausgerissen hat. Das ist ja eine Maus, hat sie geschrien, und hat die Schaufel mit dem Grieß fallen lassen. Den Grieß wollt sie dem Vogel geben, nicht? Kanarienvögel überleben das eben nicht. Der Dr. Mauter in Unterpfaffenhofen hat seinem Wellensittich alle Federn ausgerissen, dem hat das gar nichts ausgemacht. Der lebt, und die Federn wachsen ihm auch nicht mehr nach. Die reißt er sich jetzt selber immer aus, mit seinem Schnabel. Ich steuerte einen ixbeliebigen Baum an und sagte: Wenn der Vogel auf diesem Baum nicht ist, dann weiß ich nicht mehr, wo er sein könnte. Dann kann er nur noch nachhause geflogen sein. Und wir verabschiedeten uns.

Um nicht noch einmal einem Hüter des Verkehrsgesetzes in die Hände zu fallen, ging ich, noch einmal unbehelligt davongekommen, mit meinem Fahrrad querfeldein. Auch wollte ich dann irgendwelche Abkürzungen durch den Wald fahren. Dann habe ich mich verfahren. Das kommt, weil ich schon jahrelang nicht mehr mit dem Fahrrad gefahren bin, dachte ich mir. Gerade, daß ich noch gewußt habe, wo hinten und vorne ist. Oben gesessen bin ich. Aber wie! Ich habe mir gedacht, die Wolken spinnen. Da kennst du dich nicht mehr aus mit den Himmelsrichtungen. Ich habe mit der Zunge ein Motorengeräusch gemacht, damit ich mich zurecht finde. Ein Auto verfährt sich nie. Nichts. Wenn kein Wegweiser gewesen wäre, hätte ich nicht zum Grab meines Großvaters gefunden, aber noch ist es nicht so weit.

Wenn ich nicht auf die Autobahn gestoßen wäre, hätte ich geglaubt, daß die Wegweiser im Wald verkehrt angenagelt sind. Die Autobahn hat mir erst alles durcheinandergebracht! Ich habe gemeint, ich muß die Autobahn um 180 Grad umbiegen. Übers Gras kannst du schauen, aber im Wald hast du keine Übersicht. Auf dem Reitweg im Wald, da muß ich die Übersicht verloren haben. Der ist so schlammig gewesen, daß ich absteigen mußte, denn das Vorderrad hat sich quergestellt, weil so viel Dreck zwischen dem Reifen und dem Schutzblech gewesen ist, da muß es passiert sein. Wann denn sonst!

Auf der Suche war ich nach irgend einer Wirtschaft. Heute weiß ich genau, nach was für einer.

Dann bin ich mit dem Fahrrad auf der Autobahn gefahren. Ich habe gedacht, ich bin mitten im Wald, so viele Autos links und rechts und alle haben sie gehupt. Mir ist grün vor den Augen geworden. Die Autos haben sich wie kluge Bäume auseinandergebogen. Ich bin noch nie so schnell durch einen Wald gefahren. Weil neben der Autobahn kein Radweg gelaufen ist, kein Pfad zum Schieben. Ein Autofahrer hat gehalten und empört gefragt: Wohin? Ich weiß nicht, wohin die Autobahn führt, habe ich gesagt. Sie fahren mit dem Auto, Sie müssen eine Autokarte haben! Wohin? habe ich ihn gefragt. Er hat mit einem steifen Finger auf seine Stirne gedeutet, aber ich habe dort nichts gesehen. Dann ist da noch ein Fußgänger gegangen, der wollte sich auf meinen Gepäckträger setzen, auf dem ich meine Anzugjacke gehabt habe. Einen Rucksack oder ein Gepäck hat er mit sich gehabt, so daß ich gesagt habe, daß es mit seinem Gepäck zu schwer wird, weil ich keinen Hilfsmotor habe, wie er doch sehen muß, und wenn wir das Gepäck an die Lenkstange hängen, gefährde ich den Verkehr. Das wollte er nicht einsehen. Wir haben es ausprobiert. Da haben wieder viele Autos gehupt, und ich habe Angst gehabt, daß sie vor lauter Hupen nicht aufpassen und Auffahrunfälle machen. Ich habe getan, als würde ich das Hupen nicht hören, damit ich nicht die Nerven verliere. Der andere hat sie eher verloren. Sie müssen auf Ihre Nerven achten, habe ich gesagt, sonst gehen sie verloren. Es hätte nicht viel gefehlt, und er hätte mir das Fahrrad entwendet und wäre entwischt. Wenn er nicht sein Gepäck oder seinen Rucksack, was das nur gewesen sein mag? vergessen hätte, und wenn ich ihm nicht nachgerufen hätte: Hallo, Ihr Gepäck! dann wäre er glatt mit meinem Fahrrad entwichen. Gott sei Dank, daß ich wenigstens noch sein Gepäck gesehen habe. Es hätte nicht viel gefehlt, und die Autofahrer hätten es über den Haufen gefahren. Aber sie haben mich gesehen und mich haben sie schon gekannt, weil ich mich schon eine Zeit lang auf der Autobahn befunden habe. So habe ich dem Fußgänger sein Gepäck zurückerstattet und er hat mir mein Rad ausgehändigt und ich habe mich wieder allein auf den Weg gemacht. Fußgänger und Radfahrer tun selten gut, wie der Zwischenfall mit dem Polizisten gezeigt hat. In diesem Fall auf der Autobahn auch nicht.

So war ich wieder allein und wenn mich die Hupen nicht unterhalten hätten, hätte ich mich auf die Dauer doch auf der Autobahn gelangweilt. Denn immer geradeaus, und wenn eine Kurve kommt, dann ist die Kurve so gerade für einen langsamen Radfahrer, daß du dich fragst: Ist das überhaupt noch eine Kurve? Der Fußgänger wird von diesen Kurven überhaupt nichts gemerkt haben. Da tat er mir leid, und ich wäre am liebsten umgekehrt und hätte ihn doch mitgenommen, wenn man auf der Autobahn nur umkehren dürfte. Da geht es immer dahin, nur wußte ich nicht wohin.

Da hat auf der Autobahn ein VW-Käfer gehalten und ein Mädchen hat gehalten und ich habe gehalten und bin abgestiegen und sie ist ausgestiegen und ich bin hingegangen und sie ist hergegangen und so schön ist es gewesen, daß sie mir die Hand gedrückt hat und sich entschuldigt hat, daß sie mich nicht mitnehmen kann, weil schon ihre Eltern und ihr Bruder im Auto sitzen, und sie keinen Gepäckträger für mein Fahrrad hat. Du tätest mir schon gefallen, habe ich gesagt. Ich freute mich, daß mir so ein Augenblick ihr Gesicht angeboten hat, das jetzt die Ewigkeit wieder verpfuscht. Sie ist gleich wieder in ihr Auto verschwunden. Aber der Zufall wollte, daß sie 30 Kilometer denselben Weg gefahren ist wie ich. Wo ein Wille da eine Geschwindigkeit.

Ihre Eltern haben aus dem Rückfenster wie aus einem Film geschaut. Sie haben mir ihre Fäuste gezeigt, als sollte ich ihre Daumen sehen. Wie kann ich die 4 Daumen sehen, habe ich in den Gegenwind geschrien, wenn ihr sie haltet! Langsam habe ich mich gekrümmt. Langsam ist mein schwerer Arsch verschwunden. Ganz allmählich bin ich in die Arme gewachsen, als hielte ich mich am Auto fest. So hat Gott die Welt erschaffen, habe ich mir gedacht. Als er ein Zebra schuf, war er selber ein Zebra.

Am Anfang ist nichts gewesen als eine Autobahn.

Das ist so gewesen am Anfang ist so ein gelber Pfarrhof gewesen am Rande der Autobahn mit einem riesigen Garten, in dem die Pfarrerköchin auf einem Stuhl gehockt ist und gewartet hat. Als ihr langsam Bedenken gekommen sind, daß das Gemüse auswachsen könnte, ist der Pfarrer erschaffen worden. Um 11 Uhr vormittags ist er an die Köchin herangetreten und hat ihr in Erinnerung gebracht, daß dies die Stunde sei, mit den Vorbereitungen für den Mittagstisch zu beginnen. Wirsching hat er sich gewünscht.

Vor diesem Pfarrer bin ich gekniet und habe ihn hochgelobt im Namen Jesu Christi. Wenn Glatteis gewesen ist, bin ich dabei auf die Schnauze geflogen. Einmal ist der Sprengmeister von der Au hingeflogen und hat die Aktentasche nicht mehr wegwerfen können, so daß sie ihm den Arm weggerissen hat, und wir sind zusammen im selben Krankenzimmer gelegen, weil ich mir das Bein gebrochen habe, wo wir an dem Vorabend eines Bundesgrenzschutzsoldaten gewattet haben, der zum ersten Mal zum Eichelzehner Eisenbahner gesagt hat und am nächsten Morgen nach einer Kropfoperation erstickt ist. Die Ärztin hat ihm noch den Verband runtergerissen und in die Luftröhre geschaut. Der Aumeister wollte hineingreifen, aber er ist ein Linkshänder gewesen und er hat nicht mehr gewußt, wo jetzt seine linke Hand ist.

Dann hat Gott das Kolonialwarengeschäft geschaffen, damit die Köchin einkaufen gehen kann. Denn wenn ein Pfarrer nur Gemüse ißt, wird er nicht dick. Aber da mußte er die Kolonialwarenhändlerin gleich miterschaffen, da er sich nicht selber hinter den Ladentisch stellen kann. Da hat er auch gleich eine Schwester für die Händlerin zusammengebazelt und sie in den Fleischerladen geschubst. Aber die Köchin ist jetzt nicht nur einkaufen gegangen, sondern die Schwestern haben auch miteinander getuschelt und ihr Geld zusammengelegt und dem Pfarrer billig einen Gartengrund abgekauft. Der Pfarrer mußte sich zum Verkauf entschließen, weil es sonst noch keine Leute gegeben hat, die ihm einen Rückhalt und Ansehen und einen so großen Garten zu seinem Pfarrhof zugestanden hätten. Geschweige, daß es Katholiken gegeben hätte. Meine Großmutter ist da auch schon dabeigewesen, sie hat sich aus ein paar Lehmklumpen erhoben, die neben der Metzgerin gelegen sind, als die angeschnauft worden ist. Sie hat sich von Anfang an auf den Gemüsehandel verstanden und vorsorglich mich gleich unter der Schürze gehabt, damit ich ihr den schweren Leiterwagen von der Gärtnerei in der Stadt heimziehen helfe, die 5 Kilometer bergauf, wo der Teer und der Rollsplitt der Bundesstraße 11 an meinen Fußsohlen gepappt sind. Erst später hat ihr Gott einen Mann gegeben und mich hat er einer ihrer Töchter, der Lena, meiner Tante, zugeschlagen. Lena war als Fabrikantin erschaffen. Ihre Hütte war an den Hochstein gestellt, einen Felsen, auf dem die Kirche gestanden ist. Wenn der Pfarrer zu ihr gekommen ist, hat sie gesagt: Bub, hat sie gesagt, geh hinter in die Fabrik und hole dem hochwürdigsten Herrn Pfarrer ein Gracherl. Ich bin in die winzige Kammer am Felsen gegangen, wo die Kälte, die Sauerstoffflasche und zwei Tragel, das eine mit vollen und das andere mit leeren Flaschen, gehaust haben, und habe aus dem Kasten der vollen Flaschen – Entschuldigst gell, daß ich dir eine Flasche nehmen muß, habe ich gesagt, und habe dem Pfarrer eine Flasche Malzlimonade gebracht.

Malz ist damals schon erschaffen gewesen, Hopfen noch nicht. Der Hopfen ist erst auf ein Bittgesuch der Metzgerin erschaffen worden, weil ihr von dem Fleischgeruch erst übel geworden ist, und dann hat sie gespien. Das ist überhaupt eine der lustigsten Erschaffungsgeschichten, wie der Wirt mit dem Bier vom Himmel bei der Metzgerin aufgetaucht ist. Sie wollte ihn nämlich nicht. Nur wenn ich dableibe, hat er gesagt, zeige ich dir, wie man die Bierflaschen aufmacht. Das ist ein alteingessener Irrtum, daß es am Anfang das Faßbier gegeben hat. Da sich der Pfarrer über das Fleisch beschwert hat, das die Metzgerin immer angekotzt hat, hat sie den Wirt heiraten müssen, um nicht das Geschäft zu verlieren. Die Köchin hat zwar mit dem säuerlichen Fleisch den Sauerbraten erfunden, aber dem Pfarrer ist halt der Sauerbraten schon vom Hals herausgehängt. Da die Schwestern nicht wußten, wohin mit dem verdienten Geld, haben sie auf dem erstandenen Pfarrgrund ein Haus gebaut, und so mußte der Gott wieder Menschen erschaffen, damit in den Wohnungen jemand wohnt, denn von der Vermehrung von Mensch zu Mensch hatte noch niemand eine Ahnung. Und eines Tages haben sich die Schwestern über die Mieteinkünfte zerstritten und die Kolonialwarenhändlerin hat ihre Schwester vergiftet. Das ist der Anlaß gewesen, auf die Erfindung des Friedhofs zu kommen. Dieser Ort ist bis heute von Einfallslosigkeit gekennzeichnet: Radfahren im Friedhof verboten, heißt es schon, bevor du ihn betrittst. Aber noch ist es nicht so weit.

Der Wirt, der seiner Frau beim Schlachten behilflich sein mußte, hat dann die Metzgerei, die jetzt schon recht gut gegangen ist, übernommen. Da er nicht mehr Zeit hatte, das Bier zu den Leuten zu tragen, hat er es nunmehr in seinem Haus verkauft. Und wie man darauf gekommen ist, es auch in diesem Haus zu trinken, ist das Wirtshaus erfunden gewesen, das ich schon noch finde. Lange ist auf dem Friedhof nur ein Toter gewesen, denn es wollte niemand sterben.

Der Erfinder der Vermehrung wäre beinahe ich geworden. Natürlich habe ich von Anfang an davon eine Ahnung gehabt. Und wie habe ich um diese Erkenntnis gerungen! Als überraschend meine Lehrerin zu uns kam, lag sogar ein Lexikon auf einer verdächtigen Seite aufgeschlagen, so daß ich mich zu Tode schämte. Mit einem Augenaufschlag nahm sie die Sachlage wahr, so daß ich in den Wagenschuppen meines Onkels flüchtete, auf einen Balken kletterte und heruntersprang, wie ich gehört hatte, daß Mädchen von Balken herunterspringen, die ein unerwünschtes Kind erwarten, damit sie es verlieren. Ich war noch ein Kind und wollte sterben. An meinem Grab sollten sie sich die Augen ausweinen! Da steht dann jede Mutter da und hätte gern wieder ihre Tochter mitsamt deren unehelichem Kind. Dann ist es zu spät. Zu spät.

Ja.

Und wie habe ich auf diese Erkenntnis gehofft, als mein Onkel, von der Kolonialwarenhändlerin angestellt, ihr Brot und ihre Semmeln und ihre Zuckerhörnchen in der grünen Kiste auf dem schmalen Fahrgestell ausgefahren hat. Das Gefährt war nicht viel größer als ein Hundewagen, wie sie die Leute im Dorf zum Heimfahren von dürren Holzstecken hatten – unter den Stecken waren natürlich die größeren Stücke versteckt. Montag Mittwoch Freitag ist er rechts, Dienstag Donnerstag Samstag links der Ruselstraße von Anwesen zu Anwesen gefahren. Warum zieht mein Onkel manchmal den Wagen selbst, habe ich mich oft als Kind gefragt. Die Leute erzählten mir, daß er immer wieder ein Pferd so weit kriegt, daß es in die Bierflasche kriecht, damit er es trinken kann und dann so stark wie ein Pferd wird und selber den Wagen für die Kolonialwarenhändlerin ziehen kann. Ich merkte, das war bei ihm ähnlich wie bei mir mit dem Radfahren. Und mir gestand er, daß er so auf einen Kredit von der Kolonialwarenhändlerin für ein neues Pferd pfeifen könne. Und warum will er so stark sein? Ich dummer Junge!

Auf dem Ulrichsberg, das mußt du wissen, hat er ein Bauernmädchen kennengelernt und sie in der Woche dreimal gesehen. Dreimal in der Woche hat er ihr Semmeln verkauft und ein Milchbrot geschenkt. Dreimal in der Woche hat sie ihn angelächelt, blond und hübsch. Hübsch können in der Gegend die Mädchen sein, das ist gar kein Ausdruck . . . Dreimal in der Woche hat er dann in der kleinen Wirtschaft von Rohrmünz die vielen Liebesbiere getrunken. Der kleine Schimmel ist dann unter so einem alten Kirschbaum, der im Stehen einschläft, immer nur auf drei Beinen gestanden. Und dreimal in der Woche ist er in einem höchst unbedenklichen Zustand durch die Saulochschlucht heim.

Ich kenne alle Wege, die er gefahren ist. Die ausgewaschenen Wege durch den Wald, da so ein Wägelchen gestoßen wird und so ein Pferd ganz bei Sinnen sein muß, damit es nicht scheut und ins Bachgeröll rast und die Kiste kaputtgeht. So ein Pferd ist oft klüger als ein Mensch. Das muß auch sein. Dabei mußt du bedenken, daß ein Pferd alles neunmal größer sieht als ein Mensch. Es auch neunmal soviel Befürchtungen hegt, wahrscheinlich. Und der Wagen schaukelt hinter dem Pferd, und wenn du hinten nachgehst so im Kreuz und Quer eines freien Menschen, der mit dem Schlaf ringt, der diese Wälder um sich weiß, denen er zu entrinnen meint, von Baum zu Baum schweift, er keinen umstoßen kann, einmal links des Weges, einmal rechts des Weges, Gott sei Dank geht kein zweiter Weg ab, einen Baum dann stellvertretend für alle berührend ohne sich den Schädel einzuschlagen, nach diesem Zufall von diesem zum nächsten Baum findet und wieder dasselbe Massel und er in so einer langen Stunde, da er zigmal an einem Stamm zerschellen hätte können, plötzlich zum Weltmeister der Baumberührer vorschnellt, endlich auf einem Granitstein sitzt, und wie das Pferd steht und eben doch nichts denkt, da denkt dieser Onkel an die Goldmedallie, die ihm jetzt niemand überreicht und die er bei seinem Ableben seinem Neffen Herbi so weihevoll überreichen hätte können. Damals schrieb ich meinen Namen noch nicht mit Ypsilon.

Aber weiter, ich schreibe nicht, um mich selber zu belustigen.

Ist doch schön, frei zu sein. Ist immer schön gewesen. Habe nur den Strohsack dabei. Du kannst das ja niemand mehr erzählen, weil das niemand mehr glaubt. Wer zahlt dir dafür schon eine Halbe Bier? Das muß nicht immer so bleiben.

Mein Onkel ist spät vom Krieg heimgekommen und für seine Frau, meiner Tante, nicht spät genug, munkelte das Dorf. Sie hätte ihn am liebsten nicht mehr gesehen und eine Rente bekommen. Auf seine Rente ist er stolz gewesen. Wie wäre das, wenn ich zu euch ein wenig nach Ulrichsberg herziehen täte, hat er den Bauern gefragt. Ja, wenn du eine Rente hast, kannst du schon kommen, hat der Bauer gesagt. Er hat nur den Strohsack auf seinen Wagen geladen, etwa um halb vier und ist erst um halb 7 angekommen. Zwei Stunden hat er länger gebraucht als normal, er hat sich nämlich eine Menge auf der Hinfahrt ausgedacht, was er am Abend zu ihr sagen täte. Denn so klug ist er gewesen, daß er sich auf eine Situation vorbereitet hat, wenn er sich nur irgendwie vorbereiten hat können, was ja meistens nicht ging. Deine Wade ist fest wie eine Williamsbirne. Da wäre sie schon beeindruckt gewesen. Das hätte er zu ihr gesagt. Wenn der Zirkus kommt, gehen wir in den Zirkus, und du brauchst es bloß zu sagen, was für ein Pferd von der Pferderevü dir am besten gefällt, und ich kaufe es dir. Das hätte er gesagt.

Meine Tante hat Wind bekommen und ist weggerannt, das habe ich bemerkt, während ich die geheimnisvolle Buchseite ansah. Leider ist mir dabei kein Licht aufgegangen. Ich träumte, daß mich mein Onkel zu sich nimmt, wenn er in Ulrichsberg wohnt, und wenn er sie liebt, wäre ich dem Geheimnis ganz nahe . . . Da kam die Lehrerin, und als ich aus Scham von dem Dachbalken im Schuppen sprang, sprang ich statt in den Tod nur in einen Draht, der sich tief in den Hohlfuß bohrte, und als ich nach meiner Tante jammerte, kam ich darauf, wohin sie geeilt sein mußte. Den Polizisten hatte sie vor dem Haus stehen lassen, der schon wieder mit 2 Eis vom Kolonialwarengeschäft gegenüber dastand, eins für ihn, das andere für meine Tante. Jetzt gab er eins meiner Lehrerin, die gerade aus unserem Haus kam, und ich fürchtete, daß sie dem Polizisten sagt, was ich für eine Sau bin.

Inzwischen hat meine Tante über die Treppen zum Hochstein und über den Friedhof ihrem Mann den Weg abgekürzt, ist zu dem Bauern gestürmt, hat ihn informiert, daß sie sich scheiden lassen will, falls der Bauer diesen Liebhaber seiner Tochter aufnimmt und daß dann die Rente bei ihr bleibt und er den versoffenen Kerl ruhig haben kann. Das glaubte der Bauer, und als mein Onkel so verspätet ankam, hörte er nur, daß er gleich wieder umkehren kann, weil es mit der Rente nicht stimmt und mit dem Mädchen nichts wird. So habe ich von meinem Onkel nichts mehr erfahren und ich bin nicht als Erfinder der Vermehrung in die Erfindungsgeschichte eingegangen. Aber wenige Jahre später habe ich zu meiner französischen Freundin im Starnberger Undosa-Bad gesagt: Du brauchst es bloß zu sagen, was für ein Segelschiff dir auf dem See am besten gefällt und ich kaufe es dir. Ja, ich hätte mich in Schulden gestürzt, mit meinen 17 Jahren, denn ich war dem Geheimnis nahe, wie man so schön sagt. Und damals kam so viel Unglück zusammen, daß ich geheiratet habe, doch das erzähle ich später.

Die Geschichte mit der Französin habe ich im Gegensatz zu vielen Geschichten noch nie erzählt. Happy, hat meine Chefin einmal gesagt, deine Geschichten irren auf meinem Gesicht und sind so dumm, daß sie bei den Augen um Einlaß in meinem Kopf bitten, und wenn sie die Ohren endlich gefunden haben – Deine Geschichten berühren mich nicht. Happy, vertreibe dir deine Zeit lieber im Kino. Ich bin auch lieber ins Kino gegangen. Am liebsten bin ich überhaupt ins Kino gegangen. Am liebsten habe ich »Vom Winde verweht« gesehen. Das habe ich zum erstenmal am 30. April 1956 gesehen. Scarlett kommt am Ende des ersten Teils zurück auf ihr verwüstetes Gut Tara, wo es nichts mehr zum Essen gibt. Nur Rettich wächst im Garten. Ich kann doch der Wöchnerin keinen Rettich geben, sagt sie. Ashley hat ihr Geliebter geheißen, der Mann der Wöchnerin. Scarlett hat einen Rettich ausgerissen und in ihn hineingebissen und geschworen, daß sie nie wieder hungern will. Ich bin in der Pause spazieren gegangen und habe mir gedacht, daß heute mein schönster Tag ist, weil ich heute der Erfinder von allem werde, weil die Vermehrung alles ist. Aber im 2. Teil sind Scarlett und Ashley nicht zusammengekommen und mir ist die Einsicht in das Gefüge der Welt unentdeckt geblieben. Am 30. April 1972 habe ich diesen Film wiedergesehen, meine Chefin ist neben mir gesessen oder besser ich neben ihr. Und nur in der Nacht habe ich heimlich meiner Chefin eine Locke abgeschnitten. Ich habe mich inzwischen in ein verhängnisvolles Durcheinander von Liebe und Vermehrung verheddert, denn ich denke nicht an Geld . . .

Mit diesen Gedanken bin ich auf der Autobahn hinter dem Mädchen in dem VW her, bis die Gewitterwand, die mich eingeholt hatte, über mir zusammenbrach. Ich verlor das Auto aus den Augen, flitschte von einer langen Pfütze auf das Bankett und flog in ein auswegloses Feld und lag auf dem Fahrradgestell. Dem Mädchen noch auf der Spur, hatte ich gedacht: Wenn die Autobahn plötzlich zu Ende ist, fliege ich wie eine Bombe in das nächste Haus.

Als mein Onkel in die Schadenfreude des Dorfes zurückgekommen ist, hat er nur mich gesehen, wie ich mich vor dem Hasenstall gekrümmt habe. Er hat eine Rasierklinge geholt und meinen plärrenden Wellensittich zugedeckt und hat mir den Draht herausgeschnitten. Dann hat er angeordnet, daß mir Lena vom Schneider im Pfarrhof drüben, einem Flüchtling, seinen guten Anzug, den er aus der Kiste gezogen hat, verkleinern läßt, und dann erst ist er in die Wirtschaft gegangen und hat sich zur Verfügung gestellt, nicht ohne vorher noch nach einem Arzt telefonieren zu lassen für eine Tetanus-Spritze. Der Wirt hat die Braut gespielt und mein Onkel hat ihn umworben. Eine Frau hat meine Tante nachgemacht und hat meinem Onkel einen Kälberstrick um den Hals gelegt und sie haben ihn auf die Viehwaage geweist. Um den Pfundpreis haben sie gefeilscht, der niedrig wie bei einer Notschlachtung wurde. Das Rindviech hatte etwas eingefressen, ein Stück Draht vielleicht, der Tierarzt übergibt sein Amt dem Metzger. Ich bin zur Wirtschaft gehumpelt, indem ich mich die Hauswände entlanggehändelt habe, in offene Türen bin ich beinahe hineingefallen. In der Wirtschaft sind 500 Leute dagewesen. Auf dem Gang stehen sie. Auf der Treppe gehen sie auf und ab. Aus den Klos kommen sie. In der Gaststube stehen sie. Auf dem Gang stehen sie. Vor dem Eingang auch. Im Tanzsaal kann man nicht tanzen. An die Wand ist ein Bild gemalt, das kenne ich. Da habe ich das Spalier entdeckt und mich hineingezwängt und gesehen habe ich, daß man mit dem Spiel so weit gekommen ist, meinen Onkel als Rindviech zum Metzger zu führen. Der hat eben gesagt, daß er auf dem Hof nicht notschlachten will und sie das Viech schon noch bis zur Metzgerei bringen werden. Abschied. Alle weinen um das Stück Viech. Sie sagen: Schau hin, wie es traurig ist. Das merkt genau, wohin es geht. Wie ein Mensch. Es schaut immer wieder um. Das merkt, daß es kein Zurück mehr gibt. Jetzt bleibt es schon wieder stehen. Ich kann nicht mehr hinschauen. So ein Verstand. Da schickt der Metzger ein Kind fort, damit es ein Büschel Gras holt. Ich habe mir das Kind genau angeschaut: Es war ein Junge, genau der, der als Mann mit meiner Frau unsere Ehe brechen wollte. Das Gras hielt man dem Viech vor die Schnauze, damit es folge. Aber das Tier hat keinen Appetit. So gescheit ist es. Es trinkt nur noch und trinkt. Mein Onkel hat nichts hinterlassen als einen freundlichen Eindruck auf dem Totenbett.

So hat Gott die Welt geschaffen.

Da lag ich in dem Feld, so wie es mir gebührte. Das Feld gehörte sicher einem Häusler, der in der Nachtschicht der Strickfabrik arbeitet, weil er am Tag zu wenig verdient. Hierher gehöre ich, hier will ich sterben. Immer, wenn ich sterbe, taucht die Bahnhofsuhr auf. Und wenn ich sterben will, ist es immer dreiviertel 3, und um dreiviertel 3 werde ich totsicher nicht sterben. Ein Hase machte Männchen. Auf der Erde sind hunderttausend Tiere und eines sieht blöder aus als das andere. Und der Mensch muß alle diese Mißgeburten bemerken und Langmut muß er ihnen auch noch gewähren. Nur allmählich kann man sie von der Bildfläche wegwischen. Ich sank zurück und spürte die Verachtung, ein Mensch zu sein. Als ich mich wieder aufrichtete, sah ich, daß auf der Autobahn drüben schon der Fußgänger kam.

Wären doch schon wieder 16 Jahre vergangen. Es müßte der 30. April 1988 sein. Am 30. April bin ich immer am glücklichsten gewesen. Alle 16 Jahre. 16 Jahre freue ich mich auf so ein Glück. Vorfreude ist die schönste Freude.

Ich bin verdammt oft allein ins Kino gegangen.

Da habe ich mich aus dem Feld erhoben und mich wieder auf die Autobahn begeben. Dann hat mich ein Lastwagenfahrer aufgelesen. Was steht denn da, hat er gesagt, ein Fahrrad und einer gehört dazu. Das Fahrrad steht nicht, habe ich gesagt, das fährt und fast genauso schnell wie du mit deinem Schneck. Im Bayerischen ist die Schnecke männlichen Geschlechts.

In Wahrheit bin ich mir natürlich vorgekommen, als käme ich aus dem 30jährigen Krieg in unsere Zeit. Und ich erzählte dem Fahrer, was mir gerade durch den Kopf ging, daß Krieg war, als ich zur Welt kam, und meine Eltern vor den Schweden in den Wald flüchten mußten. Daß ich da erst ein paar Wochen alt gewesen bin, und mein Vater noch schnell das Getreide auf den Schnee säen wollte, damit es vielleicht im Frühjahr aufgeht, daß er aber dann doch mich auf den Schnee gelegt hat und das Getreide hat er mit in den Wald geschleppt. Am nächsten Morgen ist er wahrscheinlich gekommen, um mich einzuscharren. Da hat er gerade noch gesehen, wie mich gerade ein schwedischer Soldat aufliest und in seinem Mantel versteckt und sich schleichen will. Mein Vater nichts wie hin. Der hat mein Kind gefunden! Der stiehlt mir mein Kind! Der will es fressen mit seinem Hunger! Und mit seinen Kumpanen verspeisen! Dem werde ich helfen! Mein Vater springt lautlos in die Fußstapfen des Soldaten, und dem Soldaten fällt der Himmel auf den Kopf, als ihn das Schaufelblatt meines Vaters trifft. Und nachdem er in den Schnee geplumpst ist, macht mein Vater die Erfahrung, daß er nicht aufhören kann, verstehst? Aber der Fahrer ist ein ganz blöder Hund gewesen und hat mich wieder auf die Autobahn gesetzt, weil er wahrscheinlich befürchtet hat, daß ihm was passieren könnte, wenn er mich weiter mitnimmt. In der Nacht erschien in der Luke des Heuschuppens, in dem ich übernachtete und bitter fror, weil sich zu dieser Jahreszeit kein Heu darinbefand, mein Vater mit kohlrabenschwarzem Kopf und spitz gefeilten Zähnen wie ein Kannibale, dem das Wasser im Mund zusammenläuft.

Am nächsten Morgen brach ich noch in der Dunkelheit auf und geriet am frühen Vormittag auf den Friedhof meines Heimatdorfes. Ein ungewöhnlicher Nebel ließ mich sogar an der Richtigkeit dieses Ortes zweifeln. Aber die Mauer, auf der wir gespielt hatten, war nach einer Inspektion da und dahinter die Eschen, die einen winterlichen Eindruck machten, weil sie jedes Jahr so spät austreiben. Schließlich waren die Gräber da und die Namen auf den Steinen, auch Fotos in Grisaille.

Ich setzte mich auf das Grab meines Großvaters zum Ausrasten. Wenn wir geschlachtet haben, ist er immer vom Wald heruntergekommen. Ich habe dann die Sau am Fuß mit dem Strick gehalten, den ich vorsichtshalber auch ein paarmal um die Angel der Stalltüre wickelte. Der Rudi hat sie gestochen. Der hat mich auch des öfteren mit dem Versprechen auf ein Bilderbuch auf seine Bude gelockt. Hinter dem Vorhang einer Anrichte hat er eine Menge kleiner Indianer gehabt, die er mir irgend einmal zeigen wollte. Er drohte mir, die Indianer auf mich zu hetzen und lüftete ein wenig den Vorhang, daß ich immer gleich Reißaus nahm. Die Tante Lena hat das Blut gerührt. Der Onkel hat höchstens das Saupech auf die Sau im Trog gestreut. Das Saupech wurde aus Harzklumpen gekocht, die ich vom Wald holte. Der Großvater hat immer gleich den Magen aus den Gedärmen geschnitten. Inzwischen hat der Fleischbeschauer in den Gedärmen die Lymfknoten gefunden und mit einem Stempel die Sau freigegeben. Mein Großvater ließ mich immer den Magen ausbürsten, was ein jedes Mal umsonst gewesen ist, weil meine Tante, seine Tochter, es nie zuließ, daß der Magen mit in die Leberwürste verarbeitet wurde. Er ist extra in einem Töpfchen neben dem Kesselfleisch gekocht worden und konstant bei der Wurstverarbeitung vergessen worden. Der Hund bekam ihn zum Fressen. Geschlachtet wurde im Freien und die Großmutter ist immer dabeigesessen, auf einem Stuhl in ihrem schwarzen Kleid, ausgeschaut hat sie wie eine Hexe, ich habe mich vor ihr gefürchtet. Daß sie den Großvater nicht umgebracht hat, ist nur eine Laune des Schicksals gewesen. Er ist bei der Bahn gewesen und ist deshalb viel rumgekommen. Oft heimgekommen, wollte er oft zu ihr. Aber nach 11 Kindern ließ sie ihn nicht mehr hin. Da hast du dich, du alter Saubär, an die Ziege gehalten. Die Großmutter hat das bemerkt und in blinder Eifersucht die Ziege erstochen. Und jetzt ist die einzige Ernährungsgrundlage für die Kinder auch noch ausgefallen, weil du den Verdienst versoffen hast, weil du das am liebsten getan hast, weil du ein Säufer gewesen bist und deshalb auch gestorben. Hingeflogen bist du mit 92 Jahren und mit selbigem Alter auch verschieden auf dem Glatteis, das nicht weich gewesen ist aber dein Kopf. Amen.

Inzwischen mußte die Sonne aufgegangen sein, denn die obersten Spitzen der Grabkreuze waren bedeutungsvoll beleuchtet, der Nebel verdrückte sich. Ich hatte Hunger und wollte endlich eine der Wirtschaften aufsuchen, es gab ja drei im Ort. Es eilte einer über den Friedhof und ich wollte ihn fragen, welche heute zu empfehlen sei. Der Helmut ist gestorben, sagte er nur.

Wer?

Er: In die Schule sind wir zusammen gegangen. Beim Streicher haben wir miteinander gearbeitet. Christbäume haben wir zusammen gestohlen, und jetzt stirbt er, der Helmut nein nein nein . . . Schon war er weg. Ich schob mein Rad am Leichenhaus vorbei, ohne daranzudenken, daß der Tote ja drinnenliegen würde – vorne hätte ich das Rad die Treppe runtertragen müssen – und stand endlich vor dem unteren Wirtshaus, das früher der Gihl in Pacht hatte.

Mir fiel ein Stein vom Herzen.

Da kam aus der Wirtschaft ein Mädchen. Was dann geschehen ist, kann ich mir auch heute noch nicht erklären. Sie kam auf mich zu. Sie mußte mich den Weg an der Schreinerei Veith vorbei herunterkommen gesehen haben.

Es war dieselbe, der ich auf der Autobahn gefolgt war.

Grüß dich, sagte sie. Kennst mich noch? Ich bin die Hilda.

Dieses Erkennen auf einmal!

Komm mein Lieber, sagte sie.

Es ist, als kämen sich Gebirge spürbar näher.

Trinken wir einen Klaren, sagte sie.

Entweder ich lasse alles wie es ist und für immer oder ich stelle es auf den Kopf.

Ich lehnte das Rad an die Wirtschaft. 34 Jahre ohne sie gelebt. Eine Braut wird einem nicht in die Wiege gelegt.

Ich war hungrig und mir war kalt. Im Bruchteil einer Sekunde entschloß ich mich, mit ihr zu gehen, als zeigte man einen ausländischen Film. Der Film hieß »Das letzte Paradies«. Ich war überwältigt. Der Film strahlte ländlichen Frieden, Genügsamkeit, Schönheit und Liebe aus. Ja, ich hatte mein Ideal gefunden. Die goldene Insel, auf der ich zu leben hoffte, wo das Dasein einfach und köstlich sein sollte, lag noch einige Meter weg und wartete still zwischen zwei Meeren. Nur die Luft war angenehm, erfüllt von dem Geruch feuchter Erde und dem Duft seltener Blumen. Ich sah ein, daß ich meine Fahrt völlig unvorbereitet angetreten hatte. Du mich mögen? Ich sein dein Auge, ich sein deine Zunge. Sie versuchte, mir gut zuzureden, als brauchte mein Körper Nahrung und Pflege. Die könne er haben. Ich war an meine Chefin erinnert, die sich gesorgt hatte, damit ich nochmals in die Schule käme und etwas lerne. Ich sei ein aufgewecktes Kind und mache meiner Herkunft Ehre. Ich habe gleich einen Doppelten ex getrunken.

Sie sah mich an und ich wußte, das ist die Frau meines Lebens. Sie beschloß, wenn ich im VW schlief, mich über die Meerenge von Bali setzen zu lassen, und dann noch einmal zu versuchen, mich zu überreden, mit ihr auf Bali zu bleiben. Der Wirt schenkte schon wieder ein.

Die Segel wurden schweigend gehißt, und die Prau, schwer beladen, schwankte langsam in die Dunkelheit hinaus. Alles ging gut, bis wir die öde, unbewohnte Küste meiner Träume erreichten. So hatte ich Bali immer noch nicht erreicht. Aber am schönsten ist es immer noch am Rhein, sagte der Wirt. Ich kann nicht sagen, was ich fühlte, als ich wieder allein dastand, weil sie auf dem Klo war. Als ich meinen Kaffee trank, fragte ein Inder, der neben mir saß, mich höflich und in reizendem Englisch, ob ich von einem der fremden Schiffe sei, die gerade ausgeladen würden. Alles Geld, das ich besaß, trug ich in einen Gürtel genäht am Leibe. Was konnte diese Männer hindern, mich zu überfallen, auszurauben und mich über Bord zu werfen? Wer würde je davon erfahren? Und wer würde mich überhaupt vermissen oder sich über mein Verschwinden den Kopf zerbrechen? So daß mir Tränen in die Augen traten. Das letzte, was ich hörte, war der eintönige Singsang der betenden Araber. Als sie von der Toilette zurückkam, lag das blaue Massiv der Berge von Bali vor uns. Ich fühlte, daß es mir endlich freistand, ein natürliches und einfaches Leben zu beginnen, Frieden zu finden.

Mir gefiel, was ich dachte. Meine Chefin war in Bali gewesen, sie hat davon oft erzählt. Ach, lächelte er, Künstlerin? Doch ich bin Regierungsbeamter, ich muß bleiben. Viele Künstler kommen her, haben es bald satt und fahren wieder nachhause. Wenn ich Luxus und Komfort und eine neue Wohnung wollte, wäre ich nicht hier. Und würden mich die Einheimischen willkommen heißen und mit bitten zu bleiben, wenn ich zu ihnen käme? Bali erregte mein ganzes Entzücken. Da sagte ich zu Hilda laut: Bali ist schön, als wäre das eine Antwort, daß sie im Büro einer Baufirma in der Stadt ist, wie sie mir gerade sagte. Das Bezin hielt länger vor als ich vermutet hatte, so fuhr ich Stunde um Stunde durch primitive Dörfer, gebirgige Straßen hinauf und hinunter, durch Reisfelder und Dschungel. Als der Wagen schließlich seinen Geist aufgab, befand ich mich in einem schönen mittelalterlichen Dorf hoch in den Bergen.

Sogar die erste Sekretärin sei sie.

Die Griffe der Krise ragten ihnen über die Schulter, so daß es in der Dämmerung aussah, als ob die Götter lachten. Alte Männer hockten an den Seiten des Hofes und massierten große Hähne, um sie für den Kampf vorzubereiten, der später am Abend stattfinden sollte. Nervös und verwirrt geworden, begann ich, um den Tempelhof herumzugehen, und bewunderte ab und zu eine Skulptur oder eine schöne Opfergabe und dachte, was für ein wunderbares Gemälde diese fremdartige Szene ergeben würde.

Was hast du bewundert, fragte Hilda, ich mußte laut geredet haben.

Einmal blieb ich vor einer Gruppe von Kindern stehen, doch sie warfen nur einen Blick auf mich und liefen schreiend davon. Da bin ich mit meiner Chefin auf der Veranda gesessen, ein warmer Sommerabend ist gewesen. Manchmal ist es noch warm im Sommer. Etwas Kostbares habe ich damals in meiner Brust gespürt, und wenn ich eine Schildkröte gewesen wäre, hätte ich bestimmt gedacht: Das ist Schildpatt, Happy.

Du hast ein schönes rotes Hemd an, sagte Hilda. Ich hatte das Gefühl, fuhr meine Chefin fort, irgend etwas stimme nicht. Vielleicht, daß es unklug gewesen ist, diesen Tempel zu betreten, und so beschloß ich, zu meinem Wagen zurückzukehren und zu versuchen, etwas Benzin zu bekommen. Doch gerade, als ich mich auf das Tor zu bewegte, trat ein hübscher, junger Mann von etwa 30 Jahren an mich heran und sagte: Wer weiß, ob Sie nicht in einem früheren Leben ein Mädchen in Bali waren und nun nach einer Wanderung von 1000 Monden in das Land zurückkehren, das Ihre rechtmäßige Heimat ist? Kommen Sie, ich werde Sie meinem Vater vorstellen. Ich könnte zu Hilda sagen, wie ich an der Veranda gehängt bin. Daß ich an den Bäumen gehängt bin. Da habe ich mich gar nicht losbinden können. Und daß ich gesagt habe: So wie ich hier stehe, gehört mir von dem Garten nicht so viel, wie meine Hand bedecken könnte.

Ich habe noch nie so ein schönes Rot gesehen, sagte Hilda zu meinem Hemd. Ich habe es mir vor Jahren gekauft, sagte ich, und zwar an einem Dienstag. Habe es nie getragen. Das ist der erste Dienstag nach Pfingsten gewesen. Damals. An der Donau, südlich der Werft. Du hast auf der Werft gearbeitet, fragt sie mich. Und dann im Kraftwerk? Und Bilder hast du gemalt? Dann bist du der Herbi? Mich hast du auch gemalt.

Dann bist du die kleine Hilda? Darauf trinken wir einen!

Was hast du die ganze Zeit gemacht, fragte sie. In Bali gewesen, sagte ich großspurig.

Wie ist es dort?

Dort hat es einen englischen Offizier gegeben, der ist von dem Mann seiner balinesischen Geliebten vergiftet worden. Wie können diese Eingeborenen Respekt vor Ihnen haben, wenn Sie sie als Ihresgleichen betrachten, hat mich ein Beamter gemahnt. Man glaubt dort, daß sich zwei Zwillinge mit zweierlei Geschlecht im Mutterbauch vermählen, deswegen müssen sie tatsächlich heiraten, sobald sie erwachsen sind. Wieviele Sekretärinnen seid ihr denn da, fragte ich sie.

Ich bin die einzige.

Ich sagte ihr, daß ich damals wegen ihr jeden Abend in die Maiandacht ging, als sie noch ein Kind war. Und daß meine Tante gesagt hat, daß ich mit ihr nicht eine Stunde lang allein im Zimmer sein kann, weil die Leute leicht reden.

Ich habe dir eine Tafel Schokolade geschenkt, damit du dich auf dem Stuhl ruhig gehalten hast. Ich bin sehr stolz gewesen, daß du dich von mir malen hast lassen. Für das Bild hast du mir dann eine Tüte Birnen gebracht.

Ja, die hat mir die Mama für dich gegeben.

Wieder ein Gesprächsstoff zu Ende.

Es ist so eng, daß ich keine Luft bekomme, stöhnte ich. Es ist schlimmer als ein Korsett. Ich komme mir vor wie eine gewickelte Mumie. Auch mein Haar fand ich ungewöhnlich hübsch. Schulterlang und rot wie ein Waldbrand. Er bekam große Augen und strahlte über das ganze Gesicht. Doch sie heilten mich ein wenig von meiner Neigung, krumm zu gehen. Ich erhob beharrlich gegen die Verschandelung Einspruch und brachte schließlich manche dazu, sich im Gebrauch der Puderquaste zurückzuhalten. Ihre Anerkennung gab mir Kraft. Er erklärte mir, daß auf Bali nur Dämonen, Hexen und die gefürchtete Göttin des Bösen, Rangda, rote Haare hätten. Viele der religiösen Zeremonien umfassen noch Blutopfer. Unter erneuten Gebeten wartete man, bis die hilflos nickenden Köpfe verschwanden und das Wasser sich glättete. Das Malerische dieser Kämpfe sprach mich an, wie es jeden Künstler angesprochen haben würde, und ich habe in der Folgezeit viele Bilder dieser Kämpfe gemalt. In alten Zei-

Du bist ja damals der Lehrerin nachgestiegen, unterbrach Hilda das Gequassel meiner Chefin in meinem Kopf. Wie hat sie denn gleich wieder geheißen?

Ich bin wohl rot geworden, denn Hilda gab mir einen Kuß.

Hätte ich doch die halbe Torte von der Lehrerin nicht genommen! Hätte ich doch meinen Blick nicht gehoben in ihren schwarzen Schoß. Eine Unterhose hat sie nie getragen. Weil ich mich daran geklammert habe, daß sie in Amerika gewesen ist. Daß ihr Mann ein Hotel in New York hat. Ich habe mich natürlich nicht gewehrt, wie sie meinen wunden Fuß berührt hat und mir die Torte daneben gestellt hat, damit der Fuß nicht mehr wehtut, wie ich im Garten auf einer Decke gelegen bin. Sie hat sich mit einem Bein niedergekniet und ihr Schenkel ist dicker geworden, und ich habe mich nicht geschämt. Wie ich wieder laufen habe können, habe ich der Vogel Müllerin alle Geranien an den Fenstern im Parterr geköpft, ihr! die doch wirklich gestraft genug gewesen ist, weil ihren Mann ein Sattelschlepper überrollt hat, weil ihm die Rusel runter die Bremsen versagt haben und er beim Billmeier Sägewerk die Kurve nicht mehr gekriegt hat und den Fillinger Weg hinunter ist und über den Vogel Müller ist, der nicht mehr auf die Seite gekommen ist mit seinem Halbekrügel, mit dem er sich sein Bier holen wollte. Ich habe auch einen Blick auf den breiigen Müller geworfen und habe ihn miterdrückt, weil ich die Geranien geköpft habe. Wie alt werde ich damals gewesen sein? 13 Jahre.

Mein, das weiß ich fein, sagte Hilda, wie du mit den feuerroten Geranien der Lehrerin auf ihre Staffeln vorm Hauseingang ein Herz hingerichtet hast. Wir sind beim Kramer hinterm Zaun gehockt und haben dir zugeschaut. Dann bist du weggegangen und hast deine Hände geküßt. Und wie die Lehrerin gekommen ist, hat es die gar nicht gemerkt. Da hast du auf das Herz geseicht und wie sie herunten gesehen hat und dir geschrien hat, daß du ihr noch den Flur aufwischen sollst, hast du hinaufgeschrien: Leck mich doch am Arsch! Hoho , hat sie gemeint und ist hinter ihrer Fensterscheibe verschwunden.

Ich trank vom Bier. Hier durften die Diener nicht auf den Knien rutschen. Wer nicht zahlt, wird aus dem Kampong geholt und im Straßenbau eingesetzt, einer mörderischen Arbeit bei diesem Klima. Ich wanderte in die verborgensten Winkel der Insel, lebte unter unaussprechlichen Bedingungen in den ärmsten Kampongs. Ich schlief auf einer Matte auf dem Boden feuchter fensterloser Hütten. Aß die Mahlzeiten, die Frauen mit schmutzigen Händen und dreckverkrusteten Fingernägeln bereitet hatten. Trank ungekochtes Wasser aus irdenen Krügen und ihren Palmwein aus schmutzigen Gläsern und zerbrochenen Tassen, in denen tote Moskitos schwammen. Badete im Bach mit anderen Frauen und verrichtete meine Notdurft in den Büschen. Ich sah, wie alte Weiber mit betelbefleckten Zähnen den Kindern den Brei vorkauten und in die zahnlosen Münder stopften und blieb gesund. Meine Gesundheit blieb ausgezeichnet. Reis und in Kokosmilch gekochtes Gemüse, mit etwas gemahlenem Pfeffer gewürzt, bilden die Hauptnahrung. Die Kochgeräte sind sehr primitiv. Trotz der Unsauberkeit, Unbequemlichkeit und dem dürftigen Essen, von dem ich immer ungesättigt aufgestanden bin, sind mir die Kampongs als das Paradies erschienen. Jetzt sah mich Hilda wieder an, und ich merkte, daß ich jetzt erst wieder laut sprach. Jeder Kampong wird von einer strohgedeckten Lehmmauer umgeben. Was ist ein Kampong, fragte Hilda. Das ist ein Dorf. Die Hütten enthalten einen einzigen fensterlosen Raum mit einem harten Lehmboden. Die Räume werden nur zum Schlafen benützt, denn das tägliche Leben spielt sich in dem gemeinsamen Hof ab. Außer den Matten aus gewebten Bambusfasern, die auf leicht erhöhten Plattformen als Betten gebraucht werden, gibt es keine Möbel. Gekocht wird draußen.

Macht dir das mit der Lehrerin was aus, fragte ich Hilda, als ob es sonst nichts Trennendes gäbe.

Sie sah mich an und sagte: Du hast ein liebes Gesicht. Du hast so ein liebes Gesicht. Ich küßte sie auf die Brust und sie fragte mich, ob mir die Narbe etwas ausmache.

Ich küßte einfach die andere Brust. Man muß der Gamelan-Musik zuhören, solange es möglich ist. Pflücke die Rose, eh sie verblüht. Am anderen Morgen machten wir uns auf die Suche nach goldenen Türen. Ehe die Sonne unterging, hatten wir vier gefunden. Wegen der Narbe war sie noch krank geschrieben. Wir umarmten uns in der leeren Gaststube an dem Tisch gleich neben der Tür vor dem Fenster, in dem ein vielverzweigter Kaktus in der mächtigen Laibung steht und der Morgensonne einen an den Rändern sprühenden Schatten abtrotzt. Und gaben uns einen langen Kuß: Ich bin nach Bali gekommen, um Freiheit zu erlangen, nicht jedoch, um sie denen zu nehmen, die ich liebe. Die Zwischenzeit verbrachte ich damit, um auf der Terrasse zu sitzen und zu stricken. Es gab überdies eine einflußreiche Nazigruppe, die besonders auf Java sehr rührig war. Das Hotel wurde wieder eröffnet, aber es war nicht mehr so wie früher. Die Monsunwinde stürmten, und hätte man nicht die Dächer der Pavillons mit Draht festgebunden, wären sie davongeflogen. Alle Beamten waren in einer Kavalkade von schimmernden dunklen Limusinen erschienen, die wie Leichenwagen aussahen. Vielleicht lag die endgültige Freiheit für mich in der vordersten Kampflinie. Ich versuche nicht zu erklären, ich berichte nur. Als wir Abschied nahmen, weinte er wie ein Kind. Und auch ich war seltsam bewegt, wie wenn ich mich von einem Kind trennen müßte. Wahrscheinlich widerfährt es jedem einmal, daß er merkt, ein Abschnitt seines Lebens ist vorüber. Ich lernte von diesem prächtigen Amerikaner, zäh zu werden und fatalistisch gleichgültig gegenüber persönlichen Gefahren. Was aus dem Versprechen, das ich damals in den Bergen gegeben, ihm mit allen Kräften bei der Befreiung Indonesiens zu helfen? Wenn Sie Geschichte studiert haben, werden Sie sich erinnern, daß sogar die Engländer während der Kreuzzüge schwerfällige Musikinstrumente mit sich führten und abends darauf spielten. Je weniger man unter solchen Umständen weiß, desto besser. Und verstanden unterhaltend zu plaudern. Die Balinesen sind größtenteils wie neugierige Kinder und unfähig, ein Geheimnis zu bewahren. Die Chinesen nicht. Sie können den Mund halten und bleiben unergründlich. Die Vernunft gebot mir, die nächsten Tage im Haus zu bleiben und mich verbogen zu halten. Ich lief wie irre umher und suchte nach einem einzigen Stein, einem Ziegel, irgend einem Zeugnis, daß hier ein Gebäude gestanden hatte. Nichts war übrig geblieben. Ich mußte daran denken, als er sagte: Sie können jetzt gehen. Früher oder später werden Sie froh sein, zu mir zu kommen. Es dauerte keine Minute, bis einer der Männer ins Schlafzimmer kam, mich beiseite stieß, zum Bett ging und mit einem Handgriff die Papiere aus ihrem lächerlichen Versteck holte. Ich muß in dieser ersten Woche 10 Pfund abgenommen haben. Den ganzen Tag, von sechs Uhr morgens bis neun Uhr abends, durften wir nicht sitzen, wie sehr uns auch die Glieder schmerzten. Die erste Mahlzeit, ein wenig Reis mit Salz, kam um elf, die zweite am späten Abend. Dann brachen wir auf unseren Matten zusammen. Ziehen Sie sich aus! Stehen Sie auf einem Bein! Heben Sie das andere mit gebeugtem Knie! Drehen Sie es nach außen! Wir haben einen sehr gefährlichen Spion erwischt. Doch die Strafe wurde weniger wirksam, je mehr Schmerz und Schamgefühl zunahmen. Eine ungeheure Stille senkte sich auf das Gebäude und die Straße. Es schien, als ob mein Wächter und ich die einzigen Lebewesen in der Welt seien. Unbewußt spendeten der Wachtposten und ich uns einander angesichts des Todes durch unsere menschliche Nähe Trost. Wir hätten uns umarmen mögen. Das letzte, an das ich mich erinnern kann, war eine Zeitung in den Händen meines Inquisitors. Er hatte das Gesicht dahinter verborgen und tat, als ob er lese. Aber ich konnte trotz allen Qualen sehen, daß er das Blatt verkehrt hielt. Wo weilen deine Gedanken, du kleines Geschöpf? Was für Schönheiten sehen deine Augen, die uns gewöhnlichen Sterblichen verschlossen sind? Meine Haarlocken waren so beliebt, daß ich schließlich aussah, als trüge ich eine von Ratten angefressene Perükke. Der Anfang ist das Schlimmste, aber ich war am Ende. Der Tod würde für mich nur eine Befreiung bedeuten. Wo man mir die Hände auf dem Rücken fesselte und mich an einen Feigenbaum band, dessen Äste wie die Fangarme eines Tintenfisches herunterhingen. Ich konnte den blauen Himmel betrachten und die hohen Rizinusbäume, die sich sanft im Winde wiegten. Die zu beobachten ich nicht müde wurde. Aber auch der beharrliche Tropfenfall aus dem Wassertank im Hof quälte mich. Du wirst finden, daß sich nicht zwei Töne gleichen. Man kann nicht rot auf rot malen. Wiederholt werde ich zusammen mit Besuchern fotografiert. Es ist beinahe, als liege ich auf Bali unter einer Palme und betrachte das Mondlicht auf dem Indischen Ozean. Was an Leben in mir zurückbleibt, kann mich nur in dem Entschluß bestärken, daß mich nichts zum Sprechen bringen wird. Was würde ich denn noch davon haben? Es wäre töricht, zu gestehen, nachdem ich soviel durchgemacht habe. Allmählich werde ich immer empfindungsloser und mein Gedächtnis läßt mich im Stich. Eine Zeit lang habe ich sogar meinen Namen vergessen. Warum so halsstarrig, da doch das Leben so einfach sein könnte? Ich schreie, schlage um mich und ich bin nicht zu bändigen. Ich kann noch nicht aufstehen oder die Arme höher als bis zur Hüfte heben, doch ich bin wieder bei Vernunft. Ich werde wieder ein menschliches Wesen. Die Kavalkade der Erinnerungen macht mir große Mühe, aber sie erhält mich am Leben. Wenn ich jemals Liebe gefühlt habe, so ist es in dieser Minute. Es gibt keine Freiheit für einen, wenn es nicht zugleich Freiheit für alle gibt. Ich zeigen dir richtige Straße – und wenn ich dabei sterben müßte. Was sagen Sie zu der Unverschämtheit dieser Eingeborenen, ihre

Unabhängigkeit zu proklamieren? Ohne den zügelnden Einfluß der Erfahrung neigen die meisten ein wenig zur Prahlerei. Das ist ihr schwacher Punkt. Sie ist etwa fünfundzwanzig, schlank, aber wohlproportioniert, mit einem zarten Gesicht, schmachtenden Augen und einer bezaubernden Stimme. Zwei kleine Soldaten mit Flinten, die länger sind als sie selber, folgen mir auf Schritt und Tritt, bis es mir zuviel wird. Die Bombe, auf der Ihr Name geschrieben steht, findet Sie doch, wo auch immer Sie sich verbergen. Etwas in seinem Gesicht verrät Unheil. Er sieht erschöpft aus, und seine Stirn ist von Sorgen gefurcht. Laß die Tränen fließen. Halte sie nicht zurück. Weine. Es wird dich erleichtern. Drei Tage und Nächte fast ohne Schlaf unterwegs. Sie kennen mich alle gut, denn es ist nicht das erste Mal, daß ich auf dem Marktplatz bin und zusehe, wie dieses fleißige Volk seine Waren auspackt. Und ich, der ich mit diesen kleinen Posten Gemüse umgegangen bin, habe mir nicht träumen lassen können, welcher Himmel voll Liebe auf mich zukommen wird, ein feuriger Horizont, der sich im Dunkel meiner Kindheit nicht abgezeichnet hat. Alles, was wir im Augenblick tun können, ist lächeln und abwarten. Ich kann bald zurückkehren, unseren Mondgarten auf der Asche unserer toten Träume neu zu errichten. Wer wartet nicht auf ein zweites Mal, größeres endgültigeres Mal, daß das Sterben dann ganz einfach abläuft? Strafgefangene in meinem Badezimmer zu haben, macht mir wenig Freude. Die meisten haben Bali noch nie verlassen, wußten nicht, wo Java lag und hatten von Amerika überhaupt noch nichts gehört. Ich wollte mir aber nicht eingestehen, daß mein Abenteuer fehlgeschlagen sei. Ein Belgier, der eine balinesische Tänzerin von außergewöhnlicher Schönheit geheiratet hatte. Sein Vater jedoch in solchen Dingen ein Kind und davon überzeugt, daß mein Unternehmen in jeder Beziehung erfolgreich sein mußte. Sie konnten weder lesen noch schreiben, waren aber wirkliche Künstler.

Später bemerkte ich, daß er auch die Fähigkeit besaß, die Leute zur Arbeit anzuhalten. Sie trödelten nie, wenn er anwesend war, als ob sie ihm zuliebe arbeiteten. Und ich bleibe allein mit meinen düsteren Gedanken. Aus einem 300 Jahre langen Schlaf erwacht. Wenn du dir ein paar Tage Urlaub nimmst, werde ich dir zeigen, wie man das Leben genießt. Zwei Stunden sind vergangen und wir plaudern immer noch. Die Szene wäre nicht halb so überzeugend gewesen, wenn wir vorher geprobt hätten. Kopf hoch, altes Mädchen. Ich rede, als handle es sich um ein Drehbuch für einen Hollywoodfilm. Je länger ich zuhöre, desto mehr leuchtet mir der Plan ein. Sie mag denken, ich sei ein Fischerboot aus einem der Dörfer an der Küste von Sumatra. Es ist ein schöner Morgen gewesen, als ich aufgewacht bin, und die Sonne ist hoch am Himmel gewesen. Ich schlug die Augen auf und sah sie in meinen Armen eingeschlafen liegen. Ich löste sie von mir und tat mein Bestes, sie auf die Bank zu legen, zum letzten Mal, Geliebte, lebe wohl – und mögen die Götter dich beschützen, der Wirt wird dich schon finden. Ich werde dich lieben in alle Ewigkeit. Ich weiß, daß wir uns in einer anderen Welt wiedersehen werden. Ich habe nur einmal einen Menschen so weinen hören als ihm seine Mutter gestorben ist.

Ich wachte auf und hatte ein schlechtes Gewissen: als mich einmal meine Tante weckte und ich das Kopfkissen umarmt hielt, sagte sie: Nur einmal wenn du deine Mutter so umarmen tätest, sie hätte so eine Freude.

Ich verließ die schlafende Hilda, weil ich ja meine Mutter besuchen wollte. Ich stand vor der Wirtschaft und schaute in die Sonne, denn die Sonnenstrahlen schmerzten mich nicht, weil ich bei aufgeregtem Zustand fast blind war. Es ist schon lange her, das Spüren in der Brust auf einmal und der Schrecken vor allem, was ich tun werde. Ich stand noch unter den Kastanienbäumen der Wirtschaft und wollte nicht zu meiner Mutter gehen. Da kam

Hilda verschlafen aus der Wirtschaft und schmiegte sich an mich. Ich muß meine Mutter besuchen, sagte ich. Ja, sagte sie, die ist da. Und weißt du, wer noch im Dorf wohnt, fragte sie mich. Deine Frau mit den fünf Kindern. Zuerst sah sie mich kleinäugig an, dann kam sie ganz nah heran und versicherte mich ihrer Liebe. Das ist nämlich mein Trauma, daß jemand zu mir freundlich ist und dann nicht mehr.

Der Neger Erwin

Magst du einen Bohnenkaffee? Ich mach dir gleich einen, begrüßte sie mich. Meine Lebensgeschichte also die habe ich schon. Wie ich auf die Welt kommen bin, hat mich mein Vater schon verflucht. Und so ist meine Jugend verlaufen: lauter Schläge lauter Hiebe und überhaupt keine Elternliebe. Die Mutter schon mehr. Vom Vater überhaupt nichts. Der hat mich überhaupt nicht angeschaut. Der hat gesagt zu meiner Schwester, die soll mich auf die Finger hinauftreten. Auf den Kopf hinaufschlagen hat meine Schwester nicht tan, weil sie gesagt hat: Warum denn? Die hat mir nichts tan! Meine Schwester hat er mit die Haare, weil sie ein Stimperl Zigaretten geraucht hat verstehst! Der Ding hats verratscht und dann hat er sie mit den Zöpfen außerzogen vom Bett und über die Stiege. Also ich habe mir denkt, die macht er kaputt. Ich bin hinaus, ich habe so viel geschrien: Mein Vater macht meine Schwester hin! Mein Vater macht meine Schwester hin! Die Frau Spät ist kommen, hat sie gesagt: Um Gottes willen hören Sie doch auf, Sie zerschlagen das Mädchen. Danach hat er aufgehört. Ich bin ja nicht gescheit auf die Welt kommen, weil er mich geschlagen hat und immer wieder geschlagen. Vor lauter Schlägerei bin ich deppert worden. Ja ich bin nicht gescheit auf die Welt kommen. Ich bin in Geistesschwäche als Geistesschwäche bin ich entmündigt worden. Das war in Zwiefalten. Geistesschwäche, weil ich mir nichts so merken habe können. Bin schon in der Schule mitkommen. Allein könnte ich nichts anfangen. Schau her, jetzt muß ich da hinein in das Arbeitsgericht wegen meiner Rente. Haben sie mir einmal 108 Mark zu viel zahlt, das soll ich jetzt wieder zurückzahlen. Woher soll ich die 108 Mark nehmen? Mein Gott und in Trudering hat er mich verheiratet mit dem Viechhändler, da hat er mich ausschreiben lassen. Jetzt wird es Zeit, daß du heiratest, weil er die Mama auch hinausgehaut hat. Und da hat er ein Ding, eine Annonce aufgeben, da hat er hineingeschrieben also: Suche einen Mann für meine Tochter 3000 Mark Heiratsgut, die aber der Viechhändler gar nicht gesehen hat. Dann ist er kommen. Da ist er kommen. Der war neunundvierzig. 49 Jahre und ich war 21. An Lugenkrebs ist er gestorben. Den hat auch der Teufel geholt. Da war die Schwiegermutter da. Da war der Bernhard da. Da war der Alois da. Und war der Josef da, der Mann. Lauter Brüder und die Schwiegermutter. Direkt also wie einen Kuhhandel hat er das betrieben mein Vater wie einen Kuhhandel. Der Ding, den habe ich in Trudering zuerst, also ist er hergefahren, zuerst hätte er ein Gelüst auf die Lena, die Lena hat nicht gezogen. Nein nein, die die tust heiraten, die habe ich ausgeschrieben, hat mein Vater gesagt. Der hat sich überhaupt meinen Namen gar nicht kannt. Er hat nur gesagt, daß »die« kommt in Frage. Da war einmal die Mutter. Nachher bin ich hinaufgefahren und die Hochzeit ausgemacht. In Ding in Pfa, da drunten haben wir uns trauen lassen, in. Wo das heilige Kreuz ist. Also in einer großen Kirche haben wir uns trauen lassen. Jetzt weiß ich es nicht mehr jetzt siehst du es, wie meine Gedanken wegfliegen. Das weiß ich noch, wie der Pfarrer gesagt hat zum Josef hat er gesagt: Ist das Ihre Braut? Das ist ja noch ein Kind. Das gibt es ja gar nicht, daß das Ihre Braut ist. Ich war jung. Unschuldig. Ich habe von der Welt noch gar nichts gewußt. In Weingarten war es! Weingarten! Weingarten. Ich kann mich noch genau erinnern wie der Pfarrer gesagt hat: Ja ist das Ihre Braut? Die ist ja noch ein Kind. Hervorne zum Viechhändler. Ich nenne ihn immer nur den Viechhändler, weil er nichts anderes gewesen ist. Hat gesagt, das gibt es ja gar nicht, die ist ja noch ein Kind. Ich war 21 Jahr. Überhaupt habe ich den nicht mögen. Ich bin weltfremd gewesen. Ich habe gedacht, ich muß den heiraten, weil der Vater das befiehlt.

Ich habe da gar nichts zum. Da hat er mich ja gleich gehaut. Wenn ich da wo widerfahren hätte! Widersprochen hätte! Hätte er mich gleich so ins Gesicht hineingehaut. Der hat gesagt, den mußt du heiraten, daß du hinaufkommst. Ich habe seit meinem 21. Leben überhaupt mit einem Mannsbild überhaupt nichts zu tun gehabt. Ich war ja restlos noch eine ganz eine Unschuldige. Darum habe ich ja gesagt. Ich war ja weltfremd. Da bin ich da oben 3 oder 4 Jahre. 3 Jahre war ich alt. 3 Jahre war ich mit dem Viechhändler verheiratet. Dann ist der Herbert auf die Welt gekommen, mein Bub –

Ich?

Magst du wirklich keinen Bohnenkaffee? fragte sie mich. Da weiß ich ein wenig etwas. Die Alte war greißlich mein! Mein Gott war die greißlich! Aber das habe ich nicht kochen können, was die gefressen haben. Also die hätten genau das mögen, was sie dort essen. Das Schwabenzeug habe ich nicht essen können. Und mir ist erst das Zeug kommen wie ich verheiratet gewesen bin, da habe ich, mein, das weiß ich noch, mh, da habe ich so viel geschrien, ich habe so viel Angst gehabt, ich habe gar nichts gekannt als wie als Mama, aber ich habe Angst gehabt vor ihm, den Josef, weil er so, ich weiß es selber nicht, der war so rabiat, auch nicht so zimperlich, aber ich habe Angst gehabt. Ich habe so viel geschrien, daß der Bernhard, der Schwager ist herüberkommen. Hat er gesagt: Jetzt aber laß sie doch einmal in Ruhe! Was tust du denn mit ihr! Und der Alois war da und die Alte. Mein Gott! Das war eine Hyäne, das war eine Hyäne! Furchtbar. Wenn ich gesagt habe: Geh sei so gut, Mutter, nimm mir doch den Buben ab, daß ich kochen kann. A! du kannst dir dein Schranzen schon selber behalten, hat sie gesagt, und koch dabei. Und ich bin ja recht nervös und recht nervös, bin sehr nervös worden, und dann bin ich das erste Mal. Dann weiß ich noch, da ist so ein großer Teich gewesen. Da bin ich. War ich da sehr verwirrt oder bin ich so aufgeregt gewesen, auf jeden Fall wäre ich da mit mein Buben da hinein in den Bach und dann hat einer gesagt. Weil ich habe es nicht mehr aushalten können bei diesen Vieren da oben. Der einzige Bernhard. Aber der Alois und die Mutter. Die waren ganz hundsgemein.

Ich fragte, ob ich der Bub gewesen sei.

Ja, jetzt mach ich dir doch noch einen Bohnenkaffee, sagte sie. Ja und der Bub, nicht, wollt ich hinein. Dann hat der Metzger gesagt, ich weiß nicht, war der Metzger dabei oder, dann hat er gesagt: Geh gehen Sie. Bis daher bin ich schon drinnen gewesen, in dem Bach, im Forellenbach. Geh geh außer, hat er gesagt, und geh wieder heim. Das tut man nicht. Nach ist er zum Josef hinauf nach hat er gesagt: das ist doch allerhand wie du deine Frau behandelst. Und nachher hat er mich das erste Mal nach Weißenau bracht. Habe ich gesagt: Ich möcht zu der Lena, meiner Schwester. Und nach hat er gesagt: Ja ja du kommst schon heim zu deiner Schwester. Dann haben sie mich mit dem Sanitätswagen nach Weißenau gefahren ohne meine Einwilligung. Nach sage ich: Du hast mich schön angelogen, habe ich gesagt. Da bin ich 6 Wochen drinnen gewesen und dann hat er mich wieder abgeholt. Und dann haben wir uns scheiden lassen. Aber unter meiner Ehe hat er die kennen gelernt, die hat 5 Kinder gehabt und zu derer ist er nach Wangen gegangen und die, die wird halt immer gesagt haben: Geh laß dich doch scheiden von ihrer, laß dich doch scheiden. Da haben sie einen Grund gesucht. Da haben sie einen Grund gesucht, daß sie mich wieder hinauspadern. Ja aber ich. Da war ich einmal so narrisch, weil da wollt er mich schlagen, nach habe ich so ein langes Messer in der Hand gehabt, habe ich gesagt: Du Affenpinscher, habe ich gesagt, du wennst mir hergehst, habe ich gesagt, dann renne ich dir das Messer durch und durch. Ist er nicht mehr hergangen in der Nacht. Dann haben wir die schmutzige Wäsche in Niederwangen gewaschen, weil wir da geschieden worden sind. Nach hat er die Schuld auf mich, daß ich nichts tauge. Und lauter so Sachen. Dann habe ich mein Buben überhaupt nicht mehr sehen dürfen. Dann hat er mich von ihm ganz abgeschnitten. Vom Buben. Da habe ich überhaupt nichts mehr sehen dürfen. Da bin ich ganz narrisch worden. Da bin ich umeinanderzigeunert, weil ich nicht gewußt habe wohin. Wo hätte ich denn hingehen sollen? Da habe ich von einem Bauern zum anderen gearbeitet ohne Papiere. Aber angemeldet haben sie mich nicht, weil ich keine Papiere nicht gehabt habe. Mein schönes Schlafzimmer. Nach hat er gesagt: Das Schlafzimmer kommt mir nicht aus dem Haus, weil dein Vater gesagt hat, das Schlafzimmer darf ich nicht hergeben, und dabei ist das gar nicht wahr gewesen. Da herunten in Wangen, da habe ich ein leerstehendes Zimmer kriegt und da wollte ich doch mein Schlafzimmer hinein, mein Schlafzimmer hineintun, das ich. In die Weißgerberei, wo die Gerberei da, wollt ich zum Arbeiten gehen. Bin ich auch zum Arbeiten gangen. Ja, das leerstehende Zimmer. Hat mir das Ding nicht geben, das Schlafzimmer. Das hat er sich behalten. Freilich. Er hat so viel gehalten. Bei einer Frau habe ich da ein Zimmer gemietet. Du stell dir das vor: und dann geht der zu derer Frau hin und macht mich so schlecht und sagt, ich täte ihm alles anzünden. Sie soll sofort schauen, daß sie mich weiterbringt. Hat mir das Zimmer kündigt einen Tag auf den anderen. Nach ist so ein großer Park gewesen. Und hat es der Frau gesagt das Zimmer. Nach ist ein großer Park dabeigewesen und da habe ich mich hinaufgelegt, verstehst, und habe da geschlafen, weil ich keine Woh weil ich nirgends in Wangen habe ich kein Zimmer nicht kriegt, weil mich der Viechhändler überall schlecht germacht hat. Überall hat er mich schlecht gemacht. Weg wollt ich nicht wegen dem Kind. Hat mich auch schlecht gemacht bei derer Ding bei derer Fabrik. Nach haben sie mich auch von einem Tag auf den anderen entlassen. Dann bin ich wieder umeinanderzigeunert ohne Papiere. Ja ich weiß nicht ich habe meine Papiere verloren oder was ich weiß es jetzt einfach nicht mehr. Hab eh keine gehabt. Ich weiß jetzt nicht mehr, wo die hinkommen. Auf jeden Fall habe ich von einem Ding zum anderen habe ich da habe ich gearbeitet. Dann bin ich halt in das Millö neinkommen. Nach habe ich auch ohne Papiere habe ich an der Bahn gearbeitet. Ich weiß aber nicht in welcher Stadt das gewesen ist. Habe ich auch die Waggon putzt. Und lauter so Sachen. Habe ich ja putzt, weil ich was zum Essen braucht habe. Und keinen Mantel habe ich nicht gehabt. Ich habe gesagt: Ich bringe die Papiere schon bei. Aber ich habe ja nicht gewußt, wo ich mich hinwenden soll. Dann bin ich auch wieder weg. Nach hat die so einen schönen Mantel gehabt. Und nach habe ich derer den Mantel genommen, weils mich so gefroren hat, das war mitten im Winter und die hat. So ein Kammerl haben wir gehabt und da waren wir drinnen. Nach hat sie mich anzeigt, da bin ich das erste Mal eingesperrt gewesen. Bin ich das erstemal eingesperrt gewesen. Ich war ganz verzweifelt. Ich habe öfters Hunger gelitten. Die beste Stütze war meine Schwester, die Lena, beste Stütze. Nachher vom Gefängnis aus, ich weiß nicht mehr wo das gewesen ist, haben sie mich, auch der Staatsanwalt oder was, war ein Psychiater dabei, haben sie mich nach Zwiefalten tan. Und von Zwiefalten hat die gesagt, ich kann bloß entlassen werden, wenn ich einen Vormund habe. Nach habe ich meine Schwester hergenommen als Vormund. Von Zwiefalten bin ich zu meiner Schwester kommen. Die hat mich geholt von Ziefalten. Da war ich auch zwei Jahre dort. Zwei Jahre in Zwiefalten. In die Wäscherei. Wenn du da was angefangen hast. Nach hast du gleich eine Speibspritze kriegt. Daß du dich gebrochen hast. Nach haben sie mich in eine Zelle nein. Da habe ich auch mal so ich weiß nicht habe ich was gessen oder habe ich mir was Ding ich weiß nicht mehr. Da haben sie mich in eine Zelle nein und die hat

mir eine Speibspritze da neintan da habe ich 3 Tage gespien und Blut und alles ist da heraus. Mit einer Speibspritzen. Da bist du gar nicht mehr da. Ja das war die Strafe. Das war reine Strafe. Reine Strafe war das. Das war eine Strafspritze. Weißenau da haben sie mir noch nichts tan. Ich bin bloß auf den Nerven total fertig aber im Gehirn. Bloß in Zwiefalten haben sie mir die Speibspritzen geben. Zur Strafe. Das gibt es! Die Leute wenn ich es verzähle, die sagen: Das gibt es nicht. Das gibt es schon! Das gibt es schon. Das wenn ich jemand verzähle, das gibt es schon. Ha! Das habe ich schon noch mitkriegt. Ich bin einfach ganz verzweifelt gewesen. Ich hab bei den Bauern haben jemand gebraucht zum Arbeiten. Da habe ich das Fressen kriegt und auch ein bißchen Ding da und das Essen und ein bißchen ein Geld, viel habe ich auch nicht kriegt, von einem Ort zum anderen bin ich gewandert, dann bin ich wieder im Wald übernacht blieben und nach bin ich dort wieder übernacht blieben mein Gott und Herr . . . Magst du keinen Kaffee?
Bloß in Ding da wo ich, das weiß ich jetzt nicht mehr, wo das gewesen ist in welchen Jahrgang das gewesen ist. Das ist ja wurst welcher Jahrgang das gewesen ist. Das weiß ich noch wie ich von Zwiefalten zu der Lena kommen bin in den Hühnerstall da. Unten im Keller, das weiß ich nicht mehr. Ich habe unten geschlafen. Oben droben war so ein Mas ein Mansardenzimmer im alten Haus. Ich bin halt. Mein Leben ist ganz gewesen. Vor lauter Schlagen und vor lauter Verachten und vor lauter. Der Lehrer Weiß hat immer gesagt: Mein ist sie so ein braves Mädchen. Ist sie die Bravste von der ganzen Ding, hat er immer gesagt, das war ein älterer Herr schon. Bin ich allweil durchgerutscht allweil durchgerutscht. Ich bin schon nicht sitzen blieben, aber trotzdem hat er gesagt, das soll man nicht machen, daß man das Kind so schlägt. Und warum wird die immer so geschlagen? Da war ich wie alt war ich denn da siebzehn oder achtzehn Jahr da hat er

mich dermaßen geschlagen, daß ich direkt Striemen ganz wie fingerdick am Arsch und hinten da gehabt habe. Und ein blaues Auge. Da. Weil er mich nicht mögen hat. Erstens hat er mich nicht mögen und zweitens habe ich nicht abgespült gehabt. Weil ich, ich bin einfach stur geworden vor lauter Schlagen, weil ich habe einfach nicht mehr mögen, weil er mich einfach, wenn, ich habe mir eh denkt. Der hat schon eine Kraft gehabt mein Lieber. Das war im Wohnzimmer, das war im Wohnzimmer und da habe ich die Fenster aufgerissen verstehst, und bin von der Dachrinne nuntergerutscht zu derer Frau. Daß die Mutter und Ding die Frau hat gesagt: Um Gottes Willen! Was tust du denn was tust du denn, wie hat dich der zusammengerichtet! Die ist nachher hinauf und hat gesagt. Gell also Herr das geht fein nicht. Ich war ganz blau. Geschrien habe ich so viel und vor lauter Verzweiflung bin ich da hinunter. Das war ihm scheißwurscht. Der hat mich nicht mögen. Der hat mich. Wie ich auf die Welt kommen bin hat die Mutter gesagt, kruzifix, hat er gesagt, schon wieder ein Mädchen. Als wenn ich was dafürkönnte! Mein ganzes Leben. Du kannst dir denken. Mein ganzes Leben ist von Jugend auf schon verflucht. Nachher sind wir zwei oder drei Mädchen gewesen da war der Krieg schon aus. Und da haben wir bei Feldafing oder wo das jetzt gewesen ist, sind da die Neger einquartiert gewesen und da haben wir uns rangemacht bloß wegem Fressen und da hat mir einer den Sifilis angehängt im dritten Grad, im höchsten Grad und geschlechtskrank war ich. Da bin ich zu der Lena und dann bin ich bei ihr gewesen und da hat sie gesagt ist immer größer geworden mein ganzes Gesicht also voll eitriger Batzen voll eitriger Plätzen voll eitriger Plätzen. Das ganze Gesicht das ganze Gesicht voll und da runter, ich glaube die Hände auch noch und dann bin ich hineinkommen in die Dietlindenstraß und da hat meine Schwester gesagt also die ist mit mir die Lena hat mich aufgenommen ist mit mir hat sie gesagt: Was hast du denn? was hast du denn, gehen wir gleich hinein. Die hat gleich gewußt, daß ich da das habe. Die ist mit mir in die Dietlindenstraß nein. Nach haben mich die Leute so angeschaut, nach hat sie zu den Leuten gesagt: Was schaut ihr so deppert, schaut nicht so. Hat sie gesagt: Schaug umi, daß dich die Leute nicht immer so anschaun können. Die haben mich immer angeschaut, weil ich voller Ding! Eins nach dem anderen voll Eiter und Zeug bis da aber. Bis daher und am Körper und die Hände voller also ich war schon im höchsten Grad war schon im höchsten Grad. Hat mich der Neger da angesteckt. Sind wir hingegangen und die haben uns immer was zum Essen geben. Nachher bin ich fort, weil ich mich so schlecht gefühlt habe. Und ich hab gesagt: Ich weiß es nicht ich weiß es nicht. Nach hat meine Schwester gesagt: Ja dann gehen wir halt da hinein in die Dietlindenstraße. Und von der Dietlindenstraß hat mich meine Schwester wieder aufgenommen. Dann bin ich auch wieder davon. Da kannst es nicht aushalten in dem Hühnerstall. Und da bin ich bei dem Mannsbild da gelandet da, der hat im Englischen Garten da drunten gearbeitet und der hat Meier geheißen, Alfons Meier hat der geheißen und der hat mir ein Kind angehängt die Barbara, nein, nein, das war nämlich so: Wie ich bei der Lena da war da hat mich doch der Michl hat mir doch das Kind angehängt, die Barbara. Das war vorher vor der Dietlindenstraß und entbunden habe ich in Ding, in der Maria-Ward-Straß, das ist visavis links von der Isar ist ein Krankenhaus gewesen da habe ich entbunden, das war unter der Kriegszeit noch. Da hat mich der SS-Mann der Stabsarzt, hat er gesagt, Mädchen hat er gesagt, du bist ja so nervös, dich schick ich in Erholung, da war ich in Bad Wiessee da war ich laaang draußen war ich und die Barbara war auch dabei da die Kleine habe ich noch im Wikkelkissen gehabt.

Ich, eine Schwester?

Jetzt laß dir nur Zeit. Der Bohnenkaffee ist gleich fertig.

Das Wasser habe ich schon aufgesetzt, vertröstete sie mich. Da war ein Mutterheim und da ist Mutter und Kind. War ich lang da. Da habe ich auch nicht gewußt wohin. Da bin ich nach Tegernsee gangen in das Säuglingsheim. Ich habe nicht mehr gewußt wo aus und ein. Aussetzen wollt ich es nicht, nach habe ich es in dem Säuglingsheim habe ich es abgeben. Und der Michl hat es weggeleugnet. Der hat nichts zahlen müssen. Nein. Bin ich auch wieder umeinanderzigeunert. Dann bin ich ohne Mantel weiß ich. Da sind wir an die Neger geraten wir paar Mädchen und wegen und wegen denen haben wir auch. Ja, die haben auch keine Unterkunft nicht gehabt und gar nichts. Wegen Schokolad und wegem Essen und lauter so Sachen. Wie gesagt bin ich zu der Lena in die Dietlindenstraß und war ich halt schon im höchsten Grad angesteckt. Und nachher bin ich entlassen worden und bin ich auch eine Zeitlang bei meiner Schwester gewesen und nachher bin ich auch wieder fort in meim Surre. Ich habe mich einfach nicht mehr auskannt ich bin total also ganz dings gewesen da habe ich mich einfach nicht mehr auskannt und in dem Hühnerstall habe ich es auch nicht mehr ausgehalten. Bin ich auch umeinanderzigeunert dann bin ich an den Rudolf Meier gelandet da bin ich auch schwanger worden und da hat die Lena gesagt: Jetzt tun wir dich halt in ein Heim hinein. Das war bei Vaterstetten bei Linden das war so ein Heim so ein offenes Heim war das da war ich schon schwanger hochschwanger war ich da und nachher war so eine böse Schwester da so eine rothaarige, die hat mich nicht leiden können und derer habe ich einmal das Häuberl abgerissen, daß sie mir eine Fotzen geben hat verstehst, da war ich halt aufgeregt und alles. Die Lena hat mich schon überall besucht in Dreilinden und da war ich aber schon da hat sie nach Dreilinden gangen zu dem Heim und hat sie gesagt: Ja wo ist denn meine Schwester wo ist denn meine Schwester? Ja die haben wir schon lange nach Haar eingeliefert, hat die Oberin gesagt in Dreilinden. Das war so ein Heim wo auch wo man halt. Das war auch so ein Geistesbenimbeminderte keine Unterkunft nicht gehabt haben und lauter so Sachen, war ich nämlich hochschwanger, weil ich keine Unterkunft nicht gehabt habe jetzt hat sie mich da neintan. War aber ganz schön da unten aber die Rothaarige, die hat mir einmal eine Fotzen geben, weil ich halt auch ding gewesen bin und dann habe ich ihr das Häuberl runtergerissen und von dem an haben sie mich sofort also nicht sofort sondern ein paar Tage darauf haben sie mich nach Haar tan. War ich hochschwanger. Gell trinkst eine Taß Bohnenkaffee?

Ich biß mir die Fingernägel ab.

Und wie ich zum Entbinden kommen bin und nachher ist oben ein Entbindungsheim gewesen, da hab ich entbunden aber ist das Kind ist ein Bub gewesen. Und da hat die Oberin der Lena geschrieben: Das Kind ist verstorben, das war nun ja 2 Monate war es alt. Nicht einmal einen Monat, zwei war es alt. Ist verstorben, sind Sie froh, weil das Kind geistig nicht normal war und ohne Nägel und ohne Zehennägel auf die Welt kommen ist und das ist die Auswirkung von Sifilis gewesen. Und der Rudolf Meier, da war nachher eine Verhandlung, wer da zahlen muß. Da habe ich zum Doktor Walrab gesagt: Ja warum denn eine Verhandlung, wer da zahlen muß, das Kind ist ja gestorben. Ach, hat er gesagt. Da gehen Sie nur hin, das Ding ist schon anberaumt die Verhandlung. Dann bin ich mit einem Zivil, mit einem Polizisten der war aber in Zivil, der hat aber schon sein Gewehr da auf der Seiten gehabt mein Lieber! Wie eine Strafgefangene bin ich da abgeführt worden haha! Dann bin ich da hinein, wo ist denn die Verhandlung? Das war so ein Zimmer wo die Verhandlung ist. Der ist auch kommen mit seim Ding, eine dabeigehabt eine Ältere schon eine Ältere war das. Nach hat er natürlich weggeleugnet, daß er der Vater ist und lauter so Sachen und nach habe ich gesagt: Freilich bist der Vater! Und nach habe ich sie ein wenig zappeln lassen, habe ich mir gedacht: Streitet euch nur umeinander. Und am Schluß nach der Verhandlung habe ich gesagt: Ja das Kind ist gestorben. Nach haben die Journalisten da hinten alle gelacht, weil ich gesagt habe: Das Kind ist ja gestorben. Ich habe es ja zum Herrn Doktor Walrab auch schon gesagt, daß das Kind gestorben ist. Der hat zu mir gesagt, ich soll nur hineingehen die Ding ist schon anberaumt ich soll nur hineingehen. Da sind wir mit dem Autobus hineingefahren mit einem Polizisten in Zivil sind wir da hineingefahren. Ich mache dir fein gerne einen Bohnenkaffee.

Ich schaute den blühenden Apfelbaum vorm Fenster an.

Hahaha wa! Gefängnis! Da hast du wenigstens gewußt, wann du hinauskommst. Aber in Haar habe ich nicht gewußt, wann ich hinauskomme. Wenn die Lena nicht immer neingangen wäre ich wär ja sowieso verzweifelt. Da habe ich in der Küche gearbeitet und da habe ich einmal vor lauter Hunger habe ich so eine kleine Gurke gefressen und die Matz da die eine da die auch eine Patientin, die hat mich verratscht beim Doktor. Da hat er mich auch in eine Zelle neintan. In eine Zelle haben sie so dicke Fenster und ohne Schloß und ohne alles haben sie mich neintan einen halben Tag ja weil ich bloß weil ich bloß vor lauter Hunger da habe ich die Gurke gessen nach haben sie mich in eine Zelle neingeschmissen, das war der das war so einer auch so ein Arroganter so ein Arzt, der wo halt auch gemeint hat über die über die Irren kann er da befehlen und anberaumen und alles ja mein Gotterl . . . und da hat er mich nachher von der Zelle hat er mich da in eine ganz schlechte wo die ganz also Schwerkranken gewesen ist hat er mich neintan und drinnen lassen, hat er mich nicht mehr rauslassen, stell dir das vor. Trinkst einen Bohnenkaffee mit mir?

Ich wünschte mir einen Alkohol.

Aja die haben mein Gott schau her was heißt denn da aushalten, wenn du doch nicht ganz so narrisch bist und ganz unter den Irrsinnigen, die wo Veitstanz haben und einen eplepti eptileptische Anfälle und lauter so Sachen, da wird es dir schon zweierlei weißt, wenn du das Zeug alles so anschaun mußt verstehst, und von da aus hat er mich dann in eine leichte Station gemacht und da hat mich auch einer habe ich auch nicht pariert oder wie oder was ich weiß es auch nicht, habe ich halt auch was und da hätten sie mich wieder von da von der leichten Station hätten sie mich wieder in die schwere Station versetzt weil ich halt auch was, der hat mich einfach nicht leiden können, der Arzt. Nach habe ich gesagt: Ich mag nicht, habe ich gesagt, warum? Ich habe ja nichts tan, und dann sind 2 Schwestern her haben mich nauf haben mich zuerst geschlagen, daß ich da ganz blau gewesen bin ganz blau war ich da geschlagen mit den Fäusten mit die Ding nach oben haben sie mich auf auf so ein Eßwagerl naufbunden und haben mich nüber auch in die Zelle neingeschmissen und da haben sie mir da eine Schlafspritze geben, daß ich geschlafen habe. Am andern Tag bin ich rauskommen bin ich auch unter den Schwerkranken wieder gewesen, da hat er mich also neben einer bin ich gewesen, die war schon ganz hübsch schwer krank die war schon hübsch schwer krank war hübsch schwer krank . . . Einen Dallmayrkaffee hätte ich daheim.

Ich dachte an den Ballantine's Whisky.

Und von da aus bin ich nachher in Station 7 kommen und in Station 7 bin ich nachher blieben bis mich meine Schwester nach Schönbrunn, weißt Schönbrunn bei Röhrmoos wo es die Wasserköpf und lauter so, die wo sich auch nicht mehr so helfen haben können da haben sie mich auch neintan verstehst, und da war so ein da waren Klosterfrauen drinnen und alles und mein und immer beten habe ich auch nicht mögen und nachher habe ich mir gedacht: Jetzt reißt du einmal durch und gehst einmal nach Dachau. Nach Dachau bin ich gefahren mit dem Zug von Röhrmoos nach Dachau ins Kino. Und das hat der Prälat, das war so ein Vorsteher da, ein Prälat hat mich der hat das erfahren, daß ich im Kino war, das war für den eine Sünde eine große Sünde, nachher hat er gesagt: So was kann man nicht brauchen ich muß wieder. Das ist ein frommes Haus, ein anständiges Haus. Einmal in Schönbrunn ist eine durchbrannt, die haben sie auch eingefangen Klosterschw aber die haben sie dermaßen . . . Der Bohnenkaffee, wo habe ich den bloß hintan?

Ich zündete mir eine Zigarette an.

Klosterschwestern waren da drunten und ein Prälat. Eine Patientin ist durchbrannt so ein Pflegling und die wollte auch naus um einen Ding da, dann haben sie ihn wieder eingefangen. Die haben sie aber so geschlagen, daß sie nicht mehr laufen hat können. Klosterschwestern waren das Klosterschwestern, Klosterschwestern, das war was. Schö haben sie meiner Schwester geschrieben, sie können mich nicht brauchen ich bin ein sündiger Mensch, und nach haben sie mich von da nach Taufkirchen tan und in Taufkirchen – oder hättst du lieber einen Eduschokaffee mögen?

Ich rauchte eine Player's Navy Cut.

Und da habe ich in der Pfarrküche, da ist extra eine Küche dagewesen sind 4 Pfarrern dagewesen und da sind 3 Nonnen dort gewesen, die haben für die 4 Pfarrern extra kocht und was für gute Sachen! Was mir überhaupt gar nicht kriegt haben guuute Sachen! Ich habe ja das gesehen, das habe ich ja gesehen, was die alles gessen haben die Pfarrern. Und der Prälat hat immer nach Badgastein gehen müssen, weil er so fett geworden ist vor lauter Fresserei zur Entfettung ha! Dann hat es ihn glaube ich zerrissen, auf einmal war er nicht mehr da ich weiß es nicht, dann ist der Seiwinger, du und dann habe ich das Geschirr habe ich nauftragen zu den Pfarrern nach hat der gesagt der Prälat zu mir hat er gesagt: Gib mir halt einmal ein Bußl, der Prälat. Meinst du, ich hätte mir das sagen trauen, die hätten gesagt: Ja du du das ist ja gar nicht wahr das gibt es gar nicht, daß der das sagt, aber das ist wirklich wahr, da habe ich ihnen immer das Geschirr nauftragen und da war ich halt recht noch jung und appetitlich und nach hat er gesagt: Gib mir halt einmal ein Bußl. Ja und dann bin ich von Schönbrunn nach Taufkirchen kommen. Wegen dem Kino, weil ich ein sündiger Mensch gewesen bin zum Beichten bin ich nie gangen, weil ich nicht mögen habe, ja warum? Jede vier Wochen hätten wir da beichten sollen und die anderen jeden vierzehn Tag. Ich bin nicht gangen, nein ich bin nicht gegangen warum? Ich habe ja keine Sünde nicht gehabt. Mein ganzes Leben war ein Leidensweg.

Ich warf den Zigarettenstummel zum Fenster hinaus. Da ist eine Frau vorbeigegangen mit einer engen Hose an, die erregte mich. Vielleicht war das die Lehrerin, ob sie hereinkommt?

Mein ganzes Leben war ein Leidensweg, warum soll ich denn, wann soll ich meine Sünden, ich habe ja gar keine. Weil ich ins Kino gegangen bin? Deswegen? Daß ich einmal was anderes gesehen habe? Als wie die armen Menschen? Ich mach jetzt einen Kaffee und dann trinkst du ihn schon.

Ich summte »Hick's Farewell«.

So jetzt muß ich noch den Kaffee mahlen. Also mein ganzes Leben war ein Schlagen und ein Stoßen und ein Prügeln und ein Verspotten und ein Auslachen und lauter so Sachen. Überhaupt in meinem ganzen Leben habe ich keine gute Stunde noch nicht erlebt. Ja das Kino war schön. Kino war schön. Warum? Das war wieder was anderes als wie die Beterei, warum soll ich denn beten, der Herrgott hilft mir doch nicht. Das war eine ganz andere Welt für mich, weil die extra gemeint haben also ich bin einfach da ins Kino gangen. Die Lena hat mir immer wieder ein paar Markl geben. Magst einen starken?

Ich las in einer Illustrierten auf dem Tisch: ERWIN, 14jähriger Afrikaner aus einer Mission im Norden von Mozambique, überlebte den fast immer tödlichen Biß einer Kobra. Wie die portugiesische Agentur Lusitania meldete, war der junge Mann beim Pilzesammeln von der Schlange gebissen worden. Drei Tage lag Erwin bewußtlos im Busch, bis er aus eigener Kraft auf seine Mission zurückkehrte.

Phhh! Nichts habe ich kriegt. Niiix. Nix habe ich kriegt. Nix nix nein. Ja dann hat der meiner Schwester geschrieben, daß ich nichts tauge, daß ich da einfach unerlaubterweise ins Kino gangen bin. Dann haben sie mich von Schönbrunn nach Taufkirchen. Und in Taufkirchen habe ich im Ding draußen gearbeitet im Gutshof draußen genauso arbeiten müssen wie eine Magd im Monat 10 Mark. Magst du ihn schwarz?

Ich erinnerte mich, daß mich am Anfang meine Chefin, als sie noch nicht meine Chefin gewesen ist, adoptieren wollte. Kinder hatte sie keine. Dann hätte mir alles gehört. Ein Millionenvermögen. Aber adoptiert hat sie mich nicht. Warum nicht? Weil ich nach dem Unfall mit den kaputten Augen gebrandmarkt war wie der Chaufför mit seiner schwarzen Haut. Ich konnte doch eben nicht »Erwin« in der Illustrierten gelesen haben. Erwin hieß der Chaufför.

Das war im Monat 10 Mark. Das war im Monat 10 Mark. In Taufkirchen, da habe ich 10 Mark im Monat kriegt, verstehst. Da hat er mich aber allweil der Verwalter in Mähdrescher nauf, habe ich ich schwere Säcke habe ich da heben müssen verstehst. Ja und nach bin ich keine Brotzeit gar nichts hätte er mir geben da bin ich aber nein zu ihm und habe gesagt: Ja meinst du vielleicht du darfst dein Geselchtes essen und mir, mir müssen den ganzen Tag schuften mir kriegen gar nichts? Nach hat er uns gnädig hat er uns jeder so eine halbe Bier und ein Brot geben am Tag und im Monat 10 Mark verstehst mein Lieber.

Nach bin ich drinnen gewesen in dem Taufkirchen dann haben sie die Wege gemacht die Wege die haben sie alle so so asalfiert also die haben sie ding gemacht ja asfaltiert und da hat die Oberin gemeint ich bin bei einem drinnen wo sie schlafen so und so da war ich aber schon ding da haben sie mich ja in Ding sterilisiert in Ding in Haar drinnen haben sie mich sterilisiert, daß ich keine Kinder mehr kriege, meine Schwester hat so wollen dann habe ich gesagt: Mein Gott warum denn nicht? So ein Kind möchte ich nicht mehr auf die Welt bringen wo ich auf die Welt bracht habe. Erschrick nicht, wenn ich auf den Knopf von der Kaffeemaschine drücke.

Ohne irgend eine Erinnerung an meinen Vater saß ich vor meiner Mutter. Ich grub in meinen frühesten Gedanken und fand ihn nicht. Halt! da bewegte er sich in einem Kinderbuch. Er stand am Ufer eines Flusses, ermunterte mich zum schnellen Heranschwimmen und hielt mir den Gewehrkolben entgegen. Der Fluß hieß Luangwa, und ich hatte auf die Nilpferdjagd mitgedurft. Und das Buch hatte mir meine Lehrerin geschenkt. Es war von Stanley, der in Udschidschi am Tanganjikasee den Forscher Livingstone fand. Und auf dem ersten Blatt stand in unerreichbar schöner Schrift ein Name. Das Buch habe sie von einer Dame bekommen, als sie selber noch ein Kind gewesen. Die Lehrerin habe als Studentin in der Bahn einer Dame ihren Sitzplatz angeboten und die Dame hätte etwas Bedeutsames über ihren Blick gesagt. Diese Dame sollte meine Chefin werden . . . Ein Flußpferd hatte unser Boot gehoben und ich ging über Bord, war aber jetzt meinem Vater schon zum Greifen nahe – da mich ein Krokodil in die Tiefe riß. Im Dorf erzählte er unterm Baum, ich bitte sein schlechtes Deutsch zu entschuldigen, daß er überm Knie das Speerblatt abbrach und sich in die Fluten stürzte: Ich fallen auf Mamba harte Mamba. Ich berühren weiche Arm von Herbi. Ich stoßen Speerspitze in Mamba. Mamba nicht kaputt. Ich stoßen Speerspitze in Mamba. Mamba nicht kaputt. Sterbende Mamba unzählige Mamba. Ich stoßen in 10 Finger mal 10 Finger Mamba. Luangwa Luangwa Luangwa Luangwa Luangwa Luangwa Luangwa Luangwa Luangwa Luangwa rot. Alter Dummkopf. Kleiner Scheißdreck. Du gehen mit weiße Frau wiederkommen. Du Größenwahn. Ich war schockiert vom Geschimpfe meines Vaters. Heute weiß ich, daß es Enttäuschung war, reine Enttäuschung darüber, daß ich mit dem zerrissenen Bein nicht sein Nachfolger werden konnte. Papa Häuptling kein Kindermädchen. Papa gehen auf die Jagd. Du gehen mit weiße Frau, kannst ihr großer Mann werden.

Da hat sie gemeint, ich bin bei einem drinnen und ich habe doch gewußt, daß ich sterilisiert bin.

Ich gönne meinem Vater den Ballen Stoff, den er für mich bekommen hat. Er freute sich über den guten Tausch. Schwester Maria sah zwar das kaputte Bein, sie wollte aber meine Seele retten. Auf der Mission zeigte sie mir ihr kaltes Zimmer. Ihr Mann war an die Wand genagelt und er war für sie viel zu klein. Da wollte ich schon ihr Mann werden. Laßt du dich an die Wand nageln, fragte sie. Ich floh aus der Mission auf einen Grashügel, von wo ich auf den Sambesi sah, seine Windungen verfolgte, der sich hinter Hügeln versteckte und dann wieder grelles Sonnenlicht auf mich warf, daß ich erschreckte. Durch den grünen Dschungel schlich sich der Luangwa, der jäh in den trägen Sambesi stieß, ihn mitriß und aufhellte. Alles bewegte sich. Da stand die Kobra vor mir auf und sagte: Komm komm komm. Sie verschwand in der Erde und ich grub ihr nach. Ich grub, bis ich eine Frauenstimme hörte: Ich habe der Wühlmaus nachgegraben, und Sie glauben gar nicht, wie tief das gegangen ist. Glasscherben habe ich in die Gänge gesteckt, und was meinen Sie, was die Wühlmaus gemacht hat? Um die Glasscherben hat sie herumgegraben. Und ich habe mir schon Sorgen gemacht, daß vielleicht ein Negerkindchen in eine Glasscherbe treten könnte, weil ich die Scherben so tief hineingesteckt habe, bis die Erde schon warm geworden ist. Denn diese Wärme mögen die Wühlmäuse. Daß sie dann nicht gleich im heißen Afrika bleiben! Nein, da gräbt so eine Wühlmaus von Afrika bis zum Grab von meinem Mann durch, nicht zum Glauben. Herbi, sagte ich zu mir, verhalte dich ruhig. Wenn die merkt, daß du keine Wühlmaus bist, sondern ein Neger, dann haut sie dich mit dem Spaten trotzdem wie eine Wühlmaus zusammen. Ja, sagte sie, wenn sie nicht alle Pflänzchen, die ich setze, in die Tiefe ziehen täte, diese Wühlmaus! Da pflanze ich und pflanze ich, und alle Pflanzen verschwinden von der Erdoberfläche und unten in Afrika wächst ein Urwald nach dem anderen und ich stehe jeden Tag vor dem leeren Grab. Und wenn du keinen Garten hast, dann bist du um ein Grab froh. Und wie meinen Sie, daß ich der Wühlmaus beigekommen bin? Blumendünger habe ich in die Gänge gestreut, das hat sie vertrieben. Mairol oder wie das heißt. Da spürte ich einen Spatenstich in meiner Hand und schrie auf. Ja was ist denn das, ja was ist denn das, sagte sie atemlos. Da ist jetzt gerade die Hand von einem Neger gewesen. Spinn ich spinn ich oder spinnt die Hand. Da, da schauen Sie her, da brauchst du bloß ein wenig nachzugraben, da ist sein Kopf, da sehen Sie die Negerkrause. Ist das nun ein Neger oder nicht? Durch den Erdball graben sie sich schon zu uns herein, damit sie eine Arbeit kriegen! Mir langt es. Mir graust es. Mein Mann täte sich im Grab umdrehen, wenn er das erlebt hätte. Ja da schau her, ein Neger in seinem Grab. Aber erschlagen tu ich den nicht, sonst muß ich ihn auf den Müllhaufen werfen und das fällt auf. Da geh ich lieber vorerst einmal. Vielleicht stellt sich morgen doch alles als eine Sinnestäuschung heraus. Ich wartete die Nacht ab und zog meine Füße von Mozambique nach. Das dunkle Glas des Leichenhauses spiegelte einen erwachsenen Neger wider.

In der Stille wird der Untergang glaubhaft
In der Leere sieht man sie rennen
In der Nacht hör ich sie lachen
Ich kam hervor
Ich stand auf
Ich kann fliegen
Mir ist schwindelig
Mir ist schlecht
Schlittschuh

Und nachher, da hat sie mich gleich packt und in so ein Kammerl hinein, weißt du, das war so ein Schragen, ein Bett also, nicht ein normales Fenster. Ein ganz kleines Guckloch. Nicht einmal ein Gefängnisfenster war das. Ganz zwei kleine Gucklöcher. Da hast du kaum atmen können. Und dann ein Scheißtopf war drinnen. Da habe ich immer hineingeschissen den ganzen Tag. Bestialisch hat das gestunken. Und ein Bett war drinnen. Da war ich den ganzen Tag im Bett drinnen und habe geweint. Und gejammert: Lassen Sie mich halt heraus. Die hat überhaupt keine Erbarmnis nicht gehabt. Die Oberin. Lassen Sie mich halt heraus. Die hat gesagt: Bleib nur drinnen. Du bist da drinnen in dem Wagen drinnen gewesen. Habe ich gesagt: Ist nicht wahr, habe ich gesagt, ich war nicht drinnen. Da hat die einfach behauptet, ich wäre da drinnen gewesen. Weil da vielleicht auch so Schmarotzer dagewesen sind weißt von den Patienten weißt die ein bißchen Liebkind machen wollt und da hat sie halt gemeint, ich bin da drinnen. Und derweil war vielleicht sie drinnen. Da wollte sie es auf mich schieben. Die Oberin. Und dann haben sie mich dahinein. Halbe Ration haben sie mir geben. Nichts zum Lesen habe ich. Geweint habe ich und gejammert habe ich. Dann habe ich gesagt – Die hat überhaupt kein Erbarmnis nicht gehabt. 8 Tage hat sie mich drinnen lassen. 8! Taage. Nach ist ein Besuch kommen und die ist gerade von meinem Kammerl, da ist so eine Stiege heraufgangen an meinem Kammerl vorbei, da habe ich gesagt, zu dem Besuch habe ich gesagt: Geh bittschön sind Sie so gut, schreiben Sie doch meiner Schwester. Dann habe ich ihr die Adresse geben. Schreiben Sie doch meiner Schwester! Die soll mir doch helfen! Ich bin daherinnen und die Oberin laßt mich nicht hinaus. Ist die Lena kommen und hat mir ihrer geredet. Ja, hat sie gesagt, ein paar Tage muß sie noch drinnen bleiben. Die Lena wollte mit ihr auch nicht streiten, dann hat sie mich noch ein paar Tage drinnen lassen im Kammerl und nach hat sie mich heraus, rauslassen. Das war eine! Mein! Mein! Das war auch so ein! Dann habe ich auf das Feld wieder hinausmüssen und habe arbeiten müssen wie wie wie wie ein Ding. Mit 10 Mark im Monat! Saufraß. Zum Essen haben wir hereingehen müssen. Da wäre ich schon lieber wieder in der Küche gewesen. Da haben sie niemand gebraucht, glaube ich. Da haben sie mich auf das Feld hinaus. Verstehst. Wie eine Magd habe ich arbeiten müssen mit 10 Mark im Monat. Ist auch eine dagewesen, die hat mich gereizt bis auf das Blut. Da habe ich einen Stuhl genommen, die hat mich gereizt bis auf das Blut, eine Patientin, da habe ich der den Stuhl hinaufgehaut, daß sie direkt eine Narbe da gehabt hat, aber die hat mich gereizt!! hat mich die. Ich weiß nicht, wie sie das gemacht hat. Sie hat mich einfach gehanselt und so, ich hätte einen Freund und lauter so Sachen. Dann habe ich gesagt: Wenn du dein Maul nicht hälst, dann dann hau ich dir den Stuhl hinauf. Und immer wieder weitergemacht. Da habe ich den Stuhl packt und habe ihr eine auf den Schädel hinaufgehaut. Dann ist das zum Verwalter kommen. Und der Verwalter und die Oberin, und da haben wir eine Ärztin gehabt, und die hätten zusammengesponnen, da hätten sie mich wieder nach Haar tan. Nach hat die Lena gesagt, das erlaubt sie nicht. Ohne meine Erlaubnis kommt sie nicht mehr nach Haar, und lauter so Sachen. Dann hat sie mich auch oft geschimpft, weil einer, da sind

Männer dort gewesen, auf einer Seite waren Weiber und Männer. Dann haben wir uns halt im Park drinnen haben wir uns troffen. Das gibt es nicht, hat sie gesagt, daß Sie sich mit den Männern unterhalten. Da war einer so schwer so querschnittgelähmt, nach haben wir uns auch unterhalten: seine Frau läßt sich scheiden, war er halt auch sehr schwermütig, hat gesagt: Wenn sich die scheiden läßt, habe ich auch niemand mehr, und niemand besucht mich mehr, Kinder sind schon kommen, ein Sohn glaube ich ist kommen ein Sohn ist kommen. Da hat sie gesagt: Das gibt es nicht, hat die Oberin gesagt von Taufkirchen, daß man sich mit den Männern unterhält. Und der hätte mir bestimmt nichts tan, der im Wägelchen drinnen. Bestimmt nicht. Der war geistig auf der Höhe. Aber bloß hat der nicht laufen können. War geistig auf der Höhe. Dann haben wir uns auch unterhalten. Das gibt es nicht das gibt es nicht, diese – Ja, habe ich gesagt: Warum! Die Männer, die die, der tut mir bestimmt nichts im Wägelchen drinnen, habe ich gesagt. Sind Sie nicht so frech, hat sie gesagt, sind Sie nicht so frech, sonst kommen Sie gleich in die Kammer. Da hat man sich überhaupts mit die Männer gar nicht unterhalten dürfen. Das ist ja ein Schmarren gewesen. Dann hat sie mich, weil sie mich mit dem Mann da erwischt hat auch mit dem, der im Wägelchen drinnen gewesen ist, hat sie mich erwischt und dann hat sie mir. Nach haben wir immer Ausgang gehabt, nach haben wir ins Kino gehen dürfen nachmittag Sonntag einmal in der Woche, das war am Sonntag, da sind wir immer in das Kino gangen, da waren wir zu dritt bis das Kino ausgewesen ist. Da sind wir halt in das Kino gangen. Und dann sind wir wieder rein. Und nachher hat sie mich gesperrt. Du darfst nicht hinaus! Sie dürfen nicht hinaus! Einmal du einmal Sie, wie es ihr eingefallen ist. Dann hat sie den Pförtner beauftragt, ich darf nicht hinaus, ich habe Sperre also ich darf nicht naus Ausgangssperre. Nach habe ich mir gedacht: Du Luder du, ich komme hinaus. Am Sonntag in der Frühe bin ich ihnen über den Gärtnereizaun bin ich gehüpft und bin aus und davon. Bis nach Erding bin ich kommen bis nach Erding. Da haben sie mir gleich die Polizei nachgeschickt und die sollen suchen und sollen mich wieder zurücktun. Zu Fuß zu Fuß. Das war schon hübschweit weg. Nach habe der Lena telefoniert in das Wirtshaus. Dann hat die Lena gesagt: Geh sei gescheit! Sei nicht so verzweifelt. Weil ich auch so viel geweint habe nicht weil sie mir einfach das Ding gestrichen hat und weil ich mich bloß mit dem Mann da unterhalten habe hat sie mir einfach Ausgangssperre. Da bin ich auf die Nacht dann wieder kommen, weil die Lena gesagt hat: Geh wieder heim, hat sie gesagt. Geh wieder heim. Das ist viel gescheiter, wenn du wieder heimgehst. Da hat sie mir zuvor ein Geld geschickt da bin ich mit dem Zug nachher wieder heim. Dann nachher haben wir einen großen Saal gehabt. Wieviele sind wir da drinnen gewesen? 12 haben da drinnen geschlafen. Da haben sie mir mein ganzes Bett, wie ich da wieder hineinmarschiert bin, mein ganzes Bett weggeräumt. Ich habe mich nicht hinschlafen können. Die ganze Nacht habe ich gewacht. Am andern Tag haben sie mich gleich wieder in das Kammerl hinein 8 Tage. Habe ich am Boden geschlafen. Ich habe keine Zudecke gar nichts keine Matratze alles war weg alles war weg aus Bosheit aus Bosheit aus Bosheit. Die Lena hat gesagt: Die Polizei sucht dich schon. Geh freiwillig hinein. Dann habe ich gesagt: Ja, wenn du meinst, dann gehe ich halt wieder hinein. Bin ich wieder hinein, dann haben sie mir mein ganzes Bett weggeräumt, habe ich am Fußboden schlafen können. Am anderen Tag hat mich die Oberin gleich wieder in das Kammerl da gesperrt 8 Tage mein Lieber Schieber. Mein Gott im Himmel! Und nachher wie ich der den Ding den Stuhl hinaufgehaut habe, nach haben die 3 zusammengesponnen: die Oberin, die Ärztin und der Verwalter. Zu meiner Schwester haben sie gesagt ich komme wieder nach Haar hinunter. Unbedingt. Dann hat meine Schwester gesagt: Das kommt gar nicht in Frage. Ich bin der Vormund und das könnt ihr nicht machen. Ohne meine Erlaubnis kommt meine Schwester nicht hinunter. Oder ich laß sie von einem Arzt untersuchen, ob sie so geisteskrank ist, daß sie wieder in die Nervenheilanstalt muß. Und dann haben sie zurückgesteckt. Dann haben sie mich nicht hinuntertan. Dann hat mich meine Schwester zu sich genommen, in den Hühnerstall da und da bin ich dann in dem Hühnerstall gewesen . . . An die Kaffeemaschine habe ich fein lange hinsparen müssen, aber praktisch sehr praktisch.

Ngema toto toto nwena sana (gutes Kind sehr gutes Kind), sagte Erwin oft wie ein Vater zu mir. Wenn er von einer Tour mit dem Chef zurückkam, ging er von der Garage zum Küchenfenster begrüßte mich überschwenglich: Endlich ein vernünftiger Mensch, mit dem ich reden kann! Anfangs wollte er noch 20 Jahre »diesen Mist« mitmachen, 5 Jahre später noch 15 undsoweiter. Als ich wegging, waren es noch 9 Jahre, dann wollte er in einem Häuschen nichts mehr sehen und nichts mehr hören. Erwin, wie ich ihn plötzlich verstand!

Zwölf Jahr war ich in Haar! Da ist es auch zugangen! Wie sie die Kranken behandelt haben, wenn sie da nicht pariert haben. Eine Frau da war ich in einer schweren Station auch in einer schweren Station da war ich in der Küche war ich Patientin allweil so billige Arbeitskräfte und nach war eine in meim Zimmer war eine drinnen und die war 70 Jahre und die hat immer geschrien ha ha und also gejammert und dann habe ich gesagt und dann habe ich gedacht: Was hat denn die? Die ist halt auch irrsinnig und lauter so Sachen. Ist es der Pflegerin zu dumm worden, hat ihr die Decke über den Kopf, daß die Frau erstickt ist. Nach habe ich zu der Pflegerin gesagt: Die Frau ist doch erstickt, die lebt doch gar nicht mehr. Geh halten Sie Ihr Maul! hat sie gesagt. Halt dein Maul! hat sie gesagt, daß geht doch dich nichts an! Und wie sie zurückgegangen ist, ist die Frau schon ganz blau gewesen und war tot. Dann ist der Walrab durchgangen dann habe ich es ihm gesagt, daß die Pflegerin zu faul war, daß sie nach derer Patientin geschaut hat, die hat ihr einfach die Decke über das Gesicht und hat sich um die Patientin überhaupt nimmer kümmert. Die war halt auch schwach und irrsinnig, dann haben sie sie halt anbunden und war halt auch. Auf jeden Fall war die Frau 70 Jahre. Dann habe ich es ihm erzählt dem Walrab dem Doktor, nach hat er die Pflegerin sofort entlassen. Aber sofort. Ein Gerichtsverfahren hat es auch geben also das kann ich nicht behaupten, ob ein Gerichtsverfahren aber auf jeden Fall war eine Gerichtsverhandlung. Auf jeden Fall ist die an dem Tag, wo ich es ihm erzählt habe, habe ich gesagt: Das ist doch allerhand, die Pflegerin tut ihr die Decke und da muß doch die Frau ersticken. Nach hat er sie gerufen, die war noch eine Junge 18 Jahre war sie alt, nach ist sie ganz rot worden nach hat er gesagt: Sofort gehen Sie in die Verwaltung und lassen sich ihre Papiere ausstellen und sofort ab mit Ihnen. Ob er sie angezeigt hat, das weiß ich nicht, das haben wir dann nie erfahren, das hat man dann nie erfahren, aber das weiß ich.

Erwin kennen wahre Massa. Erwin kennen. Wenn Erwin schreiben Buch über Massa, gewinnen 1 Million. Massa selber schreiben Buch. Nix verkaufen. Massa fahren Rundfunk. Nix wollen Rundfunk. Massa gehn in viele Häuser, Erwin warten. Nix gut wenn Massa kommen mit schwarze Mann in alle Räume, wo sprechen weiße Mann zu Massa. Erwin müssen fahren immer um Rundfunk weil nix Parkplatz für große Auto Mercedes. Haben kosten 74 000 Schmetterling. Immer sagen Massa: Mafia, wenn kommen aus Rundfunk. Massa zahlen 60 000 Mark, damit kommen Buch in Verlag mit 250 Seiten. Ich sagen Massa: Erwin nicht mehr gehen in Sparkasse wo Buch ausgestellt und fragen, ob Buch von Massa verkauft. Mann sagen in Sparkasse: Nicht Buch verkauft. Ich sagen: Dann geben Buch. Mann sagen: Buch nicht finden, wieder kommen und Geld. Ich nicht mehr gehen, Massa nicht sehen Bücher und nicht sehen Geld, wo sein? Machen Geld für kleine Mann in Sparkasse, Erwin verstehen. Massa alte Mann und schweigen. Massa gehen in Krankheit und schauen heraus. Massa leben in Kopf. Massa verrückt. Massa Auto fahren. Ich sagen: *Mein Gott!* Massa rasen in Würmtal. Ich sagen: Mein Gott was passieren. Zwei Mann arbeiten auf Straße. Wenn nicht springen in Wald 2 Arbeiter Massa fahren tot. Massa lachen. Massa sagen: Wie springen Mann in Wald haha. Er denken großes Auto nicht gehen kaputt. Wenn Massa wichtig in Hotel, ich fahren um Hotel ohne Parkplatz Stunden lang. Leute denken: Reiche Nigger haben Zeit. Du tragen dein Auto, dann haben Parkplatz. Viel Arbeit Erwin nix alles fahren. Kommen Chafför für Bus. Mich fragen was bezahlt. Er sagen: Du spinnst, ich bekommen und 50 Pfennig mehr. Wenn Massa im Auto sitzen, Erwin sagen: Massa sein nicht zufrieden mit Erwin. Massa mich küssen. Erwin nicht leiden. Massa sagen: Doch doch. Warum andere dann 50 Pfennig mehr? Er sagen: Das kann nicht stimmen. Er gehen in Büro mit Erwin. Stimmt schon. Erwin bekommen noch ein halbes Jahr das Geld nachzahlen. Massa sagen: Erwin sein zu schüchtern. Erwin müssen sagen, wann unzufrieden. Massa sagen. Wenn ein Mann gehen von Fabrik von Massa Massa sagen: Mann eh nix gut, ich nicht sagen Erwin immer schon? Wenn Mann in Fabrik arbeiten, Massa sagen: Guter Mann gut gebrauchen gute Wahl von Massa. Wenn alle Mann gehen dann alle Mann machen schlechte Arbeit. Erwin Massa kennen. Massa machen einen Plan. Auftrag nicht Straße für Autotüren sondern Dampfheizung, was man immer gießen Massa wollen schweißen. Inschöner sagen: Nicht gehen. Kommen Professor und rechnen und sagen: Nicht gehen. Massa sagen: Muß gehen. Gehen viel Scheißarbeit. Immer verbessern. Kommen kein Ende. Und Scheißdreck wegwerfen. Halbe Million im Eimer. Macht nix. Inschöner gehen woandershin haben in 6 Jahren ein Haus. Ich muß schneiden Hecke in Riveria. Kommen Massa wie ich kehren Lorbärzweige Massa sagen: Du machen eine Kranz und schicken Inschöner. Massa immer nett zu Arbeiter. Massa zuerst grüßen und freundlich in ganze Gesicht guten Morgen. Brotzeit er sagen: Schmeckts? Dann gehen zu Meister, wenn essen Lehrlinge und Massa sagen: Die fressen zu lange. Bitte stellen Sie das ab. Zu neuem Betriebsrat Massa sagen: Sie wollen arbeiten in Büro oder zurück zu Schraubstock? Jeder wollen lieber sein in Büro. Massa sagen dann zu Rat: Du willst sein in Büro, dann du machen, was ich sagen. Alle gut bezahlt. Kommen Mann von Gewerkschaft, damit hören, was Betriebsrat wollen. Rat sagen: Wir hören Bezahlung über Tarif, was wollen? Was wollen? Kommen Gewerkschaftsmann zu Massa in Biro und legen goldene Uhr auf Tisch von Massa und sagen zu Massa: Nur eine halbe Stunde Zeit. Später Massa sagen zu Erwin in Auto: Muß er legen Uhr auf Tisch dummer Mann. Ich haben keine goldene Uhr, das sehen die Arbeiter. Dann kommen Arbeiter in Zimmer von Massa und Mann der Gewerkschaft schimpfen auf Arbeiter und Massa schicken weg den dummen Mann. Erwin sagen: Regierung immer schlecht für Arbeiter. SPD machen mehr Brotzeit, aber sein ganz schlimm. Wenn brauchen Geld die Regierung, dann Gewerkschaft fordern mehr Bezahlung für Arbeiter. Wenn mehr Bezahlung für Arbeiter, dann mehr Abgaben von Arbeiter für Regierung und können zahlen viel Schuld an reiche Mann. Damit können Arbeiter können fahren schöne Auto von BMW müssen essen Sonntag Marmelade. Erwin kommen Montag in Fabrik, Arbeiter sagen: Erwin kannst du mir ein Markl pumpen, damit ich können kaufen mir ein Brotzeitl. Massa gehen durch Fabrik und grüßen Arbeiter.

Arbeiter die zusammen an einem Schraubstock streiten: Mich hat er gegrüßt! Nein mich hat er gegrüßt. Erwin sagen: Arschlöcher seid ihr! Erwin kennen Massa. Ich noch lernen Deutsch! Erwin konnte gut Deutsch.

Da habe ich einen drunten gehabt, das ist ein Kriegsgefangener gewesen und der ist von der Gefangenschaft heimkommen und da hat er seine Frau im im Bett drinnen mit einem Ami erwischt und da hat er ihn so geschlagen, daß er bald gestorben wäre, der Ami, und dann haben sie ihn auch, den Kriegsgefangenen, stell dir das vor, den Kriegsgefangenen haben sie verurteilt, der ist verurteilt worden in Pf wie heißt es jetzt wieder in Landsberg am Lech ist der verurteilt worden und nach haben sie ihn als unzu. Weil er halt gehungert hat in der Gefangenschaft haben sie ihn auch nach Haar neintan. Da bin ich in der Gärtnerei gewesen und da ist so ein so großes Tor gewesen, habe ich schon geschaut, nach hat er allweil eine Nuß heraus und in derer Nuß hat er ein Briefchen hinein und die Nuß hat er immer da herausgeschoben. Das war so ein großes Tor wie ein Gefängnistor war er drinnen. Das war ein Hof. Und das war wie eine hohe Mauer um ein Gefängnis. Wie ein Tor. Und unten ist ein Schlitz gewesen. Wie ich in die Gärtnerei gangen bin bin ich immer von dem Tor vorbeigangen. Und da hat er mir die Nuß geben. Die hat er vorher ausgehölt hat ein Briefchen hinein und da hat er mir von dem Ding allweil hat er mir immer so ein Briefchen geschrieben. Der hat mich schon mögen hat mich schon mögen, der war vom Murgtal ich weiß gar nicht wo das ist Murgtal wo ist denn das Murgtal keine Ahnung. Der war verheiratet und dann ist er wieder rauskommen der war laaaaang drinnen der war lang drinnen uh der war lang drinnen ja da sind die hineinkommen, die wo vom Gefängnis aus als unnormal angesehen sind die da hineinkommen in die Abteilung, der hat nicht zum Arbeiten rausgehen dürfen nein der hat nicht zum Arbeiten rausgehen dürfen die sind alle da drinnen gewesen. Der hat nicht rausdürfen, weil er verurteilt worden ist. Der hätte geeern hätte der gearbeitet. Und dann und die Schrauben die Schrauben weißt du das war so eine Oberschwester, die ist immer mitgangen mit dem Walrab, weltliche Schwestern waren das das waren Weltliche und die Schrauben das war die Oberschwester die ist immer mit dieser Visit mitgangen, die hat mich auch nicht leiden können mein Lieber die hat mich auch nicht leiden können, bei jedem Ding da hat sie schon paßt was ich tan habe, die hat mich nicht leiden können. Da haben wir so Arbeitsräume gehabt, die eine hat genäht die andere hat gestopft und die andere hat gestrickt und da ist die Visit immer kommen. Da bin ich nicht aufgestanden. Der ist von einem Tisch zum anderen gangen und hat gesagt: Wie gehts. Ja die Frau Viechhändler, die war heute wieder so ekelhaft und so launisch. Ach, hat er gesagt der Walrab hat mich gerne mögen, ach hat er gesagt, das sind wir alle, launisch. Nach hat die Schrauben, die hat die Nuß erwischt wie der die raustan hat, da hat auch wieder jemand verratscht und dann hat sie dem Walrab geben und der Walrab war so lustig zu mir nach hat er gesagt: Weißt du was Mädchen, hat er gesagt, also ich kann dir leider das nicht geben, weil ich kein Briefbote nicht bin. Das darfst du nicht mehr machen, hat er gesagt. Habe ich gesagt: Wieso, ich bin doch keine Strafgefangene nicht, wieso? Wenn wir uns gern haben, warum denn nicht? Nein nein. Dann ist mit der Nuß auch nichts mehr gewesen. Ach das war fein nett, wenn du da jemand gehabt hast, der wo dich gern gehabt hat und lauter so Sachen. Der hat auch Verwandte gehabt. Brüder hat er gehabt, da hat er Päckchen kriegt ganz dicke und da hat er mir auch allerweil was geben einen Schokolad hat er mir geben, dann habe ich immer hinklopft, da sind sie immer rumgangen, wenn schönes Wetter gewesen ist allweil rumgangen einen ganzen Tag rumgangen wenn schönes Wetter gewesen ist. Und da da hat er schon gewußt, wenn ich dreimal hinklopft habe, daß ich draußen bin. Dann hat er mir einmal die Oranschen rübergeschmissen und unten einen Schokolad und die Nuß da. Eine Fotografie hat er mir einmal rüber, ein sauberer Kerl ein sauberer Mensch, bin ich nicht zum Reden kommen, der hat nicht einmal. Jetzt trink halt deinen Kaffee, wird er ja kalt.

Zur abendlichen Einweihung des Teiches waren viele Gäste geladen. Der Chef hatte sie auf einen Jahrestag verlegt, da er zum letzten Mal in Afrika auf Safari gewesen war, und zu diesem Anlaß sollte Erwin nackt auf einem Pferd sitzen und in seiner Stammessprache eine Rede halten. Ich kam von der Küche und stand noch in der Schürze da. Wie ich Erwin den Speer federn sah und reden hörte und mir vorstellte wie unter ihm die käsigen Gesichter auftauchen mögen, da nahm ich die Schürze ab. Ich verstand jeden Laut seiner tierischen Sprache . . . nur weil ich schwor, sagte Erwin, daß ich ein treuer Sklave werde, ließ mich mein Herr am Leben. Jetzt schwor Erwin. Jetzt sang Erwin. Offensichtlich war sein Herz von Wut entbrannt. Er ist wie jemand, der keinen Verstand mehr hat, nackt auf dem Pferd gesessen. Ich raste in ihre Mitte und nahm ihre Fahne. Mein Pferd fiel tot nieder, sagte er. Ich schnitt die Lederriemen, mit denen ich mich festgebunden hatte, durch und sprang ab, erschlug den Fahnenträger mit meiner Kriegskeule und lief mit der Fahne in unsere Linie zurück. Das Blut und das Hirn der Gäste waren mir in das Gesicht gespritzt. Mir wurde heiß, und Blut rann über mein Gesicht. Ich konnte es schmecken und wurde wie wahnsinnig. Auf einem neuen Pferd stürzte ich mich wieder in den Kampf, schreiend, um mich schlagend und stechend. Als auch dieses Pferd unter mir erschossen wurde, nahm ich nochmals ein neues. Dann sah ich den Chef und erinnerte mich an meinen Schwur. Ich wußte, daß mir in dieser Schlacht nichts geschehen konnte, denn ich trug meinen Glücksbringer, den Schwanz eines weißen Wiesels bei mir. Ich weiß nicht, wieviele Gäste ich tötete, um zu ihm zu gelangen. Er erkannte mich. Ich lachte ihn aus und schrie ihn an. Ich sah, wie seine Lippen sich bewegten, aber im Schlachtenlärm konnte ich seine Stimme nicht hören. Offensichtlich fürchtete er sich. Als ich nahe genug an ihn herangekommen war, erschoß ich ihn mit meinem Revolver. Mein Gewehr war verschwunden, ich weiß nicht wohin. Ich sprang vom Pferd, schnitt sein Herz heraus, biß ein Stück davon ab und spuckte es ihm ins Gesicht. Dann bestieg ich wieder das Pferd und setzte über den Gartenzaun. Das Herz in meiner Hand schüttelnd, ritt ich davon. Ich war zufrieden und hatte genug vom Kampf. Meine Frauen kamen heran, um die Verwundeten zu töten und ihre Stiefelschäfte für Hausschuhsohlen abzuschneiden. Auch nahmen sie Geld, die Uhren und Ringe und allen Schmuck. Um die Ringe schneller zu bekommen, schnitten sie ihnen die Finger ab.

Ja das war so, da sind wir zwei, die ist aber gestorben meine Freundin, die war auch in Haar, da haben wir, die haben sie zu Tode gespritzt zu Tode gespritzt, da sind wir in die Gärtnerei kommen, da sind wir da naus und sind wir von dem Tor haben wir immer anklopft nach haben sich die immer gemeldet wenn der Pfleger nicht dagewesen ist oder der Pfleger hat ein Auge zugedrückt ich weiß nicht so streng waren sie nicht wie unsere Pflegerinnen und nachher haben wir uns da kennengelernt, habe ich immer mein Ding da neintan wie ich heiße und. Da sind wir auf Station 9 gewesen, das war eine ganz freie Station da sind wir spazieren gangen haben sie halt herabgeschaut alles von der Weiten nicht zusammenkommen. Er hat immer runtergeschaut, die haben ja gar nicht spazieren gehen dürfen bloß mir. Vor der Männerstation haben wir immer Parade abgehalten verstehst. Das war schon was mein lieber Schieber das war was Zeit also zeitlebens wo meine zeitlebens bin ich hinter Gitter gewesen. Wenn die anderen spazierengangen sind und meine Freundin, die wo sich auch Ding da haben wir nicht nausdürfen lauter Gitter lauter Gitter sind ja die Leute nach haben wir allweil gesungen: Wir sitzen hinter Gitter nein: Mein Herz das weint so bitter, weil wir sitzen hinter die Gitter. Ja und das haben die Leute haben immer heraufgeschaut wie wir das allweil das haben wir extra gemacht, daß die Leute das gehört haben, daß wir da eingesperrt sind. Unser Herz weint bitter, weil wir sitzen hinter die Gitter, da haben sie natürlich alle raufgeschaut. Omeo die haben sie aber zu Tode gespritzt, das weiß ich auf einmal ist sie nicht mehr kommen habe ich gesagt: Ja wo ist denn die Frieda wo ist denn die Frieda? Ja die ist gestorben. Plötzlich gestorben an Herzschlag. Nichts habe ich erfahren nichts habe ich erfahren. Und da war ich in Station 7, da war Station 7 ist die Arbeitsabteilung gewesen Arbeits das Ding, da wo man so arbeiten hat gehen können. Und da habe ich halt auch was angefangen, ich weiß nicht was ich wo auch mit einer gestritten nicht die hat mich auch so aus dem Häuschen gebracht und mit einer anderen Patientin habe ich gestritten und da kommt auch die Schrauben, die Oberschwester daher und die hat mich ja so gut leiden können. Sofort in die schlechte Abteilung! Ganz schlechte, mein sind die ganz Schwerkranken drinnen gewesen die ganz Irrsinnigen sind da drinnen gewesen und da kannst du dir denken, wenn du da ein bißchen einen Verstand hast, daß du da auch noch, daß dich das hart ankommt und dann wollt ich nicht hinüber, dann haben sie mich hinübergeschleppt. Einfach packt und hinübergeschleppt in die Station und hinübergeschleppt und da haben sie mir die Hände haben sie mich auf den Boden hingeschmissen zu Viert sind sie her: die eine hat mir die Hände hinaufdreht die andere die Füße am Buckel und geschrien habe ich wie wahnsinnig, weil das so wehtan hat. Nach haben sie mich da drinnen. Die Arme ausdreht umdreht und die Füße bis am Buckel herauf. Nach haben sie mich auch geschlagen, daß ich ganz blau gewesen bin.

Da ist nachher die Lena kommen, nach hat sie es gesehen, hat sie gesagt: Um Gooottes Willen, hat sie gesagt, wie schaust denn du aus. Nach habe ich natürlich gesagt: Da, habe ich gesagt, schau her, wie sie mich geschlagen haben. Die ganze Brust alles war blau. Allllles war blau. Nach hat sie gesagt: Ich werde jetzt einmal zum Chefarzt gehen, hat sie gesagt, das ist doch allerhand, wie die dich geschlagen haben, bloß weil du mit derer gestritten hast, die hat vielleicht auch gestritten mit dir zum Streiten gehören immer zwei und immer wieder hat die Oberschwester die Schuld auf mich geschoben immer wieder die hat mich einfach nicht verputzen können. Und vom Sanatorium bin ich daher. Oh da war ich glücklich ein freier Mensch zu sein. Ein freier Mensch war ich da. Das Kino war das Schönste. Weißt du warum? Weil ich in meinem ganzen Leben noch kein in meinem ganzen Leben habe ich noch kein Kino nicht gesehen von innen glaubst du es oder glaubst du es nicht. Zuerst habe ich kein Geld nicht gehabt und dann bin ich mit dem Viechhändler verheiratet gewesen ha, da war ich das erste Mal in einem Kino. Ja in Edensweiler in Edensweiler war ich zum erstenmal im Kino. Habe ich mir gedacht: Das mußt du auch einmal anschauen. Also ich habe von Jugend auf überhaupts keine Liebe nicht kannt bloß die Mutter hat mir halt immer geholfen. Jetzt trink deinen Kaffee!

Ich nahm den Löffel und rührte, daß sich ein Affe aus der Behausung im Keller der Schule befreite, damit er nach waghalsigen Turnübungen durch die Wohnung des Hausmeisters sich aus dem Fenster schwingt auf die Straße schwingt und dort einen aufregenden Stadtbummel beginnt. Kinder ergreifen die Flucht. Er ist verdutzt und beißt eine Ordensfrau in den Oberschenkel, die fällt um. Weil sie so groß wie ein Baum ist und über die Straße gefallen ist, kommt der Autoverkehr zum Erliegen. Selbstverständlich steht jetzt der Fußgängerbetrieb auch still. Das Fließbandtrottoir steht still. Keine Menschen werden befördert. Die Menschen müssen gaffen. Ein Mensch der nie gafft geht an Ergötzungsmangel zugrunde, das ist ein qualvoller Tod. Wenn es an einem Samstag passiert, wird am Sonntag am Telefon erzählt, daß das ein langsamer Tod sein muß, muß starr gewesen sein, nicht sprechen haben können, aber noch lange sehen und hören . . . den Geburtstagsgratulanten, der die Blumen um den Kopf des Opfers schlägt. Und wenn das Fließband stillsteht, kommen am Ende der Stadt keine Menschen mehr auf die Welt, nicht in München oder sonst wo. Und wenn die Menschheit gafft und nicht lockt, tragen die Störche die Kinder über Land und lassen sie in den Bosporus fallen. Auch Ärzte gaffen. Dabei setzen sie die Arzttaschen ab, und die Babys darin verhungern. Denn man gafft immer länger. Da auf Parkplätzen nicht gegafft wird, müssen die Babys, die dort geboren werden, des Todes sterben, weil sie niemand findet, denn gegafft wird woanderswo. Und die Bienen summen wie irr um die Bäume und verwandeln sich vor lauter Verbitterung in Wespen, weil niemand kommt, den sie stechen können, damit er schwanger würde. Ist denn noch niemand aufgefallen, daß nur Frauen von Bienen gestochen werden? Na also. Deshalb haben sie immer den leichtgeschwollenen Schoß, das ist kein natürlicher Fettpolster. Junge Bienen, die erst angelernt werden, stechen die Frauen manchmal in die Brust, immer zweimal, daher der Irrtum. Oh wenn man nur einschlafen dürfte auf dem Baum! Nur sich so hinkriegen, daß es eine Lappalie ist zu leben. Daß man auch im Fallen leben könnte. Leben bei einem Genickbruch leben auf dem Boden und auch sterbend lebendig sein! Auch mit der Wäsche kommen dann keine Kinder aus der Wäscherei. Nur Neger kommen noch auf die Welt, weil die Bäcker auch gaffen und die Kinder zu lange in der Backröhre bleiben und deshalb werden die Neger immer schwärzer. Und wenn ihr jetzt nicht gleich aufhört zu gaffen, dann werde ich auch schwarze Zähne kriegen, und wenn ihr dann immer noch weitergafft, dann verkohle ich ganz einfach. Diese einfache Narretei ist mein Leben. So wird mein Leben verhindert. Man kann doch als einzelner nur noch witzeln, wenn alle gaffen. Was aus den Taschen klauen was in die Schuhe schieben. Zwischen aufstehen und zu Bett gehen sich zwischen die Leute schwindeln und fragen hallo was ist denn los? Und wenn ich was erreiche, dann heißt es bei meinem Tod in der Zeitung: Der Erwin und ein Neger sind im Alter von 70 und 77 Jahren gestorben. Erwin war ein Neger, und der Neger war ein Gelegenheitsarbeiter. Wo bin ich, abgesehen davon, daß ich auf einem Ast sitze? Ich renne noch durch dic Stadt. Und zwar renne ich durch die Hauser, durch die Kaufhäuser wie durch die Parkhäuser und die Wohnhäuser und Gasthäuser. In letzteren drücken mich die Kellnerinnen einfach in die Wand bis ich durchbin. Im Kaufhaus sehe ich die Babys Rolltreppen fahren und wie sie am Ende der Rolltreppe, wo die Stufen flach werden und verschwinden einfach zermantscht werden. Die Größeren, die schon stehen können, stehen an, und warten bis sie drankommen, machen aber mehr Lärm beim Beginn des schrecklichen Vorgangs. Mein Gott, was heißt schrecklich. Manche der Kleinen haben Rollkragenpullover an. Ich sage Grüßgott und sie antworten Grießbrei. Immer ist es so einfach sage ich mir. Wenn du ein kinderliebender Neger sein sollst und es sind einfach zu viele Kinder für einen Neger wie in dem Kaufhaus und speziell in diesem Kaufhaus, dann mußt du eben die Kinderliebe ablegen, denn die schwarze Haut kannst du nicht ablegen, weil die niemand verkauft. Woher nehme ich auch schnell einen Regenmantel, wenn ich blutend ohne Haut dastehe und doch irgendwann wieder in den Regen hinausmuß. Der Regen verdünnt sich mit meinem Blut, dann habe ich wäßriges Blut und vor allem habe ich dann viel zu viel Blut, bei 7 Litern will ich bleiben. Freilich, wenn der Regen nicht weiß wohin mit sich! der Arme. Er hat ja keine Heimat und keine Arme, nirgends kann er sich einhalten fällt ab rutscht ab weicht vielleicht was auf und rutscht mit dem ab aber wohin kann er schon rutschen in seinem kurzen Leben da er gleich wieder in den Himmel muß und dort darf er nur die Hälfte sein, nämlich Dampf und als Dampf fühlt sich kein Regen wohl, sondern nur als Regen – ist doch klar – und als Regen fällt er vom Himmel. Regenwolken gibt es also gar nicht, denn die platschte, da sie ganz aus Wasser wäre, auf einmal auf die Erde. Und da müßten die Leute wieder gaffen – und ich müßte wieder weglaufen ich laufe immer weg wenn die Leute gaffen und ich weiß dann gar nicht wohin ich laufe und stehe plötzlich ohne Haut im Kaufhaus auf der Rolltreppe und manchmal bin ich so zerstreut daß ich in die nebeneinanderliegenden Kaufhäuser renne und mich auf der Rolltreppe finde mit einem Bein, denn das zweite ist im anderen Kaufhaus drüben hin – her, mit einem Bein läßt sich kein Kind vorm Rolltreppeneinlaß wegschieben sonst hauts mich hin denn niemand steht ohne ein Bein und dann knalle ich in die Kindermassen das ist gar kein Genuß wie man meinen könnte daß es schön ist zwischen Kindern zu sein und noch einmal die Augen zuzumachen auf das Wohlergehen zu warten das kommen wird und das einem doch die ganze Gesellschaft bereiten wird nein!!! die ziehen dich aus der Rolltreppe werfen dich auf die Rolltreppe lassen dich auf der Rolltreppe liegen und gaffen sich eins wenn sie nichts anderes machen und zu tun haben sie ja immer was diese Rolltreppendeppen und da fällst du auch in diese Kinderscheiße denn viele Kinder gehen nicht erst hinter der Rolltreppe zugrunde sondern schon vorher und der tote Dreck bauscht sich auf und du erkennst nur noch Rollkragenpullover und sagst dir das hätte ein einflußreicher Herr im Rundfunk werden können und jetzt ist er ein totes halbes Kind denn die andere Hälfte hat die Rolltreppe gnädigerweise verschlungen.

Schau her, jetzt hast du den Kaffee ausgeschüttet, und die Tischdecke, wie schaut sie aus! Die muß ich gleich einweichen, sonst kriege ich die Flecken nicht mehr raus, da war ich in Stadelheim unten, da habe ich mich auch umeinandertrieben, wegen Landstreicherei bin ich da eingesperrt worden. Da bin ich im Augustinerbräu hinten nein, habe ich auch kein Obdach nicht gehabt, bin ich hinten nein und habe da geschlafen und nach hat mich der Nachtwächter, das war hinten so ein Lager, war halt offen da bin ich hinein. Hat mich hinten der Nachtwächter hat mich erwischt hat er gesagt: Was tust du denn da herinnen, willst du stehlen? Nach hat er gleich die Polizei angerufen. Das war unter der Kriegszeit war unter der Kriegszeit und da haben mich die so geschlagen mit die Gummiknüppel die Polizisten mit die Gummiknüppel, daß ich da links habe ich ein Narben eine rechte eine tiefe Narben und da auch. Blutüberströmt haben sie mich auf die Wache tan. Und von da nach Stadelheim. Freilich habe ich mich gewehrt, weil ich gesagt habe: Ich habe ja nichts tan. Wegen Landstreicherei. In der Zelle, zu sechst sind wir drinnengeflackt und gestunken hat es da drinnen, weil der Abort auch daneben war. Das weiß ich noch, wie die Ami eingezogen sind, da haben uns die so viel Essen geben, die haben uns alle Zellen aufgemacht, sind die Ami einmarschiert um 1945. Und die haben uns lauter Butter und wir haben das nicht vertragen wir haben gespien wie ein Hochzeitshund. Das haben wir nicht vertragen, weil wir lauter Wasserschnalzen gehabt haben. Einmal haben wir eine Sagosuppe kriegt, da sind die Würmer drinnen gewesen. Mit einem Stück Brot Mensch! Vor lauter Hunger haben wir das gessen. Mensch Meier! Dann sind die Amerikaner einmarschiert. Und die haben uns zu essen geben, dann haben Männlein und Weiblein zusammenschlafen dürfen und lauter so Sachen. Und dann nachher haben sie den Direktor, den Gefängnisdirektor, und nach haben wir angegeben, wer uns schlecht behandelt hat, daß wir nichts zu essen gehabt haben und nach hat der Teufel, der Direktor hat das alles unterschlagen unsere Rationen. Unsere Rationen haben wir gar nicht kriegt, was uns zugestanden wäre, haben wir gar nicht kriegt, hat der alles unterschlagen. Und dann sind sie hinauf in so einen Gefängnishof, wo wir immer umeinandergangen sind, dann haben wir herausdürfen, haben wir zugeschaut, haben sie den Direktor hinaus, düück war der wir waren mager, hat er recht Betrügereien gemacht, ist er hinauskommen. Ich hätte die zwei Polizisten schon angeben, aber die habe ich da nicht mehr gewußt wie die geheißen haben. Du nix mehr wissen, hat er gemeint nicht wahr, wer das war. Ja dann sind sie hinaus, hat er fein um den Hof umeinanderlaufen müssen und die Wärterinnen und die Wärter alle um den Kreis und wie laufen, wir haben zugeschaut und haben klatscht. Warum denn? Denen ist die Zunge herausgehängt vor lauter Dicken weil sie nicht mehr schnaufen haben können. Am Schluß haben sie ihn an die Wand hin und haben ihn erschossen. Alle, die uns schlecht behandelt haben und alles. Die eine haben wir uns gemerkt, die war ein ganz ein Biest, die ist auch erschossen worden. Der Direktor und der zweite, der bei ihm gewesen ist und das weiß ich nicht mehr, weiß ich nicht mehr so genau und jetzt mach ich dir nochmal einen Kaffee. Wegen Landstreicherei, hat er gesagt, o Landstrei nix gefährlich hinaus! Und dann hat mir die Lena den Posten im Lungensanatorium verschafft. Bei den Lungenkranken ist ein Elend gewesen. Die Lena hats zu dem Verwalter von dem Lungenkrankenhaus gesagt: Sie können die Frau nicht aus, sonst wird sie ganz nervös, und Sie brauchen doch Leute, und sie hat keine Papiere nicht, und da habe ich meine Papiere kriegt. Und die haben notwendig Leute braucht zum Arbeiten und da habe ich alle meine Papiere kriegt. Ja im Sanatorium, die waren ganz verzweifelt. 2 weiß ich, die haben sich im Park aufgehängt, der eine hat sich im Abort an der Türklinke aufgehängt, weil er auch lungenkrank gewesen ist und weil sie auch lungenkrank gewesen sind und die Weiber sind auf die Seiten gangen und dann haben sie sich scheiden lassen, dann haben sie andere Männer kennengelernt gesunde und die anderen die krank gewesen sind, die haben sie im Stich lassen. Einer ist nauskommen das war ein blutjunger Mensch und der. Hat der Doktor gesagt: Sie der darf nicht so viel trinken, weil er sonst wieder aufbricht und seine Frau hat sich auch scheiden lassen von ihm und vor lauter Verzweiflung hat er so viel trunken und trunken, daß er einen Blutsturz kriegt hat nach haben sie ihn wieder eingeliefert ohne Ding. Nach ist er drinnen gewesen und hat einen zweiten Blutsturz kriegt nach haben sie ihn noch rechtzeitig erwischt nach ist er naus und hat sich eingesperrt und hat den dritten kriegt nach hat er sterben müssen dritten Blutsturz nach ist er erstickt, weil er gesagt hat er will sterben weil sich seine Frau hat scheiden lassen. Oh da war ich glücklich, ein freier Mensch zu sein! Ein freier Mensch war ich da draußen. So ein Bohnenkaffee ist was Gutes, sagte sie, den kann ich mir jetzt jeden Tag leisten. Bleibst nicht mehr ein wenig da?

Ich gab ihr die 108 Mark für die Rückzahlung und ging. Und nahm mir vor, mich bei der Chefin für einen Grund für ein Häuschen für Erwin zu verwenden.

Im Tal des Todes

Am Anfang war das Gold.

Ich ging mitten auf der Straße zur oberen Wirtschaft.

Ich sah keine Menschen und die Häuser bemerkte ich anhand ihrer Füße, die als Vorgärten oder Eingangsstufen die Straße betreten wollten. Ich dachte daran, daß Gary Cooper in dem Western »Stagecoach« von John Ford die Hauptrolle ablehnte, die dann John Wayne übernahm. Und in »High Noon« spielt Gary Cooper die Hauptrolle, weil sie Gregory Peck mit der Befürchtung abgelehnt hatte, daß sie zu sehr seiner Rolle in »The Gunfighter« von Henry King glich. Das Rad hatte ich beim Gihl gelassen.

Auf dieser Höhe mußte der alte Pfarrhof sein. Ich schaute mächtig hin, er mußte neu gestrichen sein und längst kein Pfarrhof mehr sein, wenigstens ging von ihm nicht das Funkeln aus, das er für mich immer noch hat. Und vor allem das untere Zimmer, wenn man eintritt links ist strahlend wie eine Monstranz und das Allerheiligste ist die Lehrerin, die junge Lehrerin. Ich saß mit der Tante beim Schneider in diesem Zimmer, der beruhigend mit dem Bügeleisen das Bügelbrett bügelte. Einen Anzug sollte ich bekommen und mein verwundeter Fuß machte Fortschritte. Selbst wenn er in frischen blutigen Fransen vom Knöchel weggehängt wäre, wäre ich sofort vom Stuhl hochgeschnellt, sowieso von einem Stoß meiner Tante in den Rücken unterstützt. Doch die Lehrerin legte ihre Hand auf mein Haupt und hieß mich unter gelindem Druck sitzen bleiben. Und eines Tages erfüllte meine junge Lehrerin unsere Stube. Als sie gegangen war, habe ich die Wände gefragt: Habt ihr sie gesehen? Diese strahlenden Haare? Dem Ofenrohr warf ich einen mißbilligenden Blick zu. Die Fenster waren jetzt zu tief und zu klein: sie hätten meine Zukunft nicht hereingelassen.

Und als meine Tante wieder den Mund aufmachte, kam wieder dieses plumpe »seine« heraus statt »ihre« als sie die Krokotasche der Lehrerin meinte, die auf der Bank gestanden war. Diese lange Bank von der Tür bis zum Herrgottswinkel. Und diesen Fußboden hatte schon die Mutter meiner Großmutter mit Sand geschrubbt. Nur die Küken meiner 10jährigen Großmutter durften auf den frisch geputzten Boden kacken, weil sie das Lieblingskind war, noch von der 48jährigen Mutter geboren, während den alten Kindern mit der Geißel gedroht wurde, falls sie es wagen sollten, mit dreckigen Schuhen den Boden zu betreten. Jeden Dienstag brachte ihr der Vater von der Stadt einen gebratenen Fisch heim. Meine Großmutter gab »von sich aus« ein Stück vom Fisch ihrer Mutter, weil sie sich »genierte«, allein den Fisch zu essen. Der Vater sagte zu dem Mädchen: Das ist ein Kirschbaum. Verkaufe die Kirschen und das Geld gehört dir. Und von diesem Nußbaum kannst du die Nüsse haben. Er kaufte ihr die Nüsse ab, 30 Stück um 8 oder 10 Pfennig je nach Marktwert. Die Kirschen verkaufte sie in der Stadt, für das Pfund bekam sie 10 Pfennig. Der Ochse ihres Vaters ist gelaufen »wie ein Pferd« und seine »Hörner waren so weit wie ein Hirschgeweih«. Mit diesem Geld kaufte sie dem Ganstreiber, der im September aus Böhmen kam, Gänse ab, das Stück um 2,60 Mark, mästete sie und gab sie Anfang November das Stück um 5 Mark ab. »War eine Gans für einen Juden bestimmt, dann habe ich den Kragen auf den Boden gehalten und quer einen Kochlöffel darübergelegt und habe mich daraufgestellt bis die Gans erstickt ist.« »Für eine Ente 3 Mark, für einen Gockel 80 Pfennig.«

Hier ist das Haus meiner Großmutter, das die Söhne meiner Tante aufgestockt haben. Wenn ich recht sehe, ist es immer noch nicht verputzt. Ich werde schon keinen von ihnen im Garten sehen. An dem Tag, da meine Lehrerin dagewesen war und meinen Leuten empfohlen hatte, ich sollte die Höhere Schule besuchen, da trat meine Großmutter energisch dafür ein. Nach meiner Tante sollte ich Polizist werden, wenn ich unbedingt was werden wollte. Als unser aller spärlichen Überlegungen ins Stocken kamen, nahm die Großmutter den Schürhaken, wog damit im Flur, wo der Kamin hervortrat, aus dem Boden zwei Ziegelsteine heraus, nahm etwas Sand ab und holte einen Stutzen Wasserrohr hervor, klopfte den Mörtelverschluß ab und sagte: So Bub, jetzt mach deine Hände auf, und ließ in meine Hände Goldtaler klimpern. Sie hatte das Geld noch vor ihrer Hochzeit für eine schlechte Zeit versteckt, da ihr Mann ein Bahnbeamter war und sie es nicht brauchen sollte. Als sie aber wöchentlich seinen schmierigen Arbeitsanzug waschen mußte, dämmerte ihr, daß er nur ein dreckiger Streckengeher war. Und nun wollte sie ihn ein Leben lang betrügen mit diesem Gold. Als er sie um des Haushaltsgeldes wegen, das sie von ihm fordern mußte, schlug, wäre sie lieber verhungert als kein Geheimnis mehr zu haben. Meine Großmutter war befriedigt, daß sie diesen Tag hatte abwarten können und der unnötige Lärm, den Lena, ihre Tochter, spät am Abend am Herd hinten veranstaltete, störte sie nicht. »Du brauchst natürlich jetzt ein neues Fahrrad.« Und mit dem Gemüsehandel sollte ich jetzt auch nichts mehr zu tun haben. Die Jugend der eigenen Großmutter fortsetzen – eine schöne Aufgabe. Ein Leben mit Chancen stand mir bevor. Immer wieder baute meine Großmutter an jenem Abend unterm Lampenschirm mit ihren Talern ein Goldsäulchen auf, bis es umstürzte, lauter kleine Sonnen. Wie oft mochte sie gezweifelt und gehofft haben: Der Tag wird kommen ... Ich mußte ziemlich auf die Seite des Hauses gekommen sein, das jetzt vergrößerte Fenster hatte, weil ich auf die Plakatwand bumste, ganz nah ein Plakat mit der Monroe. Damals zeigte man wieder diese älteren Filme, 1973. Als ob ich vergessen hätte, wem in meinem Leben diese

Monroe am meisten glich.

Natürlich hat auch auf meine Tante die heimliche Sehnsucht ihrer Mutter nach einem besseren Leben abgefärbt. Gegen den ausdrücklichen Willen ihres Vaters ist sie in den Turnverein der Stadt eingetreten und ist auf vielen Sportfesten Siegerin in dem damals noch üblichen Zwölfkampf geworden, der sowohl turnerische wie leichtathletische Disziplinen umfaßte. Ja, als Mädchen hat sie sogar einen Weitsprung gemacht, der für Niederbayern und die Oberpfalz einen Rekord darstellte. Die Medallie befindet sich noch heute in meinem Besitz. Ein großes Lob für sie, die, als sie nicht mehr sporteln konnte, meine Mutter aus der Heilanstalt befreite. Sie ist dann mittendrinnen gestorben.

Als Gymnasiast hatte ich peinliche Träume, etwa daß ich wie in der Volksschule gewohnt auch ins Gymnasium barfüßig kam und es selber erst auf dem Gang merkte. Meine ehemalige Lehrerin, die des öfteren auf dem Gymnasium nachfragte, wie es mir erginge, hatte den Einfall, daß ich in den Sommerferien ihre Freundin in Gauting besuchen sollte, um meinen Ausdruck im Deutschen zu verbessern. Es handelt sich bei dieser Freundin, wie gesagt, um meine spätere Chefin. Erwin, der Chaufför war schon da. Ich half Erwin bei der Pflege des Tennisplatzes und als ein Besuch aus Frankreich kommen sollte, jäteten wir auch die Seiten, sandeten mit Ziegelmehl auf, besserten die beiden Grundlinien, die noch aus Blei waren, aus, und stellten die Netzhöhe richtig ein: Schlägerhöhe + Schlägerkopfbreite. Als nun der Besuch da war und ein Tennislehrer engagiert, standen Erwin und ich im weißen Dress Spalier wie Kerzen, nahezu wie in späteren Zeiten, als ich auch zur Dienerschaft gehörte. Ich machte bei diesen Unterrichtsstunden den Balljungen. Mir gefiel diese Französin und der Lehrer war schnell ein blöder Kerl. Nachdem die Bavaria und Schloß Linderhof besichtigt und die Eltern des Mädchens abgereist waren, da kam meine Zeit. Erwin chauffierte uns beide zum Starnberger See und drückte mir auch noch ein Trinkgeld in die Hand. Einmal war ich in München, wo ich die Universität besichtigt hatte, um sie nicht mehr wie bislang mit der Hagia Sofia zu verwechseln, versehentlich in den Garmischer Zug gestiegen, der ja in Gauting nicht hält, wo die Französin zusteigen wollte, und sie neben meinem Zug den Güterbahnhof entlanglief, während ich nicht die Notbremse zu ziehen wagte und in Starnberg auf den nächsten Zug wartete. Wenn ich an ihr Kleid denke, das rote, das tomatenrote, das ihr Vater entworfen hatte, er hieß Dior und war der berühmteste Modeschöpfer der damaligen Zeit. Ich bin die Türklinke im Bad meiner Chefin. Diese Klinke sah ich in den Sommerferien an, als ich badete und wußte: ich werde heute abend mit der Französin ins Kino gehen. Warum ich ihr keinen Namen gebe? Weil ich ihr den Namen eines Filmstars in einer bestimmten Rolle gegeben habe. Ich wollte Natalie Wood später einmal aufsuchen. Mit der Französin an der Hand? Beide alte Schachteln? Die Französin, die Filmschauspielerin und ihre Rolle haben einen Namen: Debbie. Und die Türklinke taufte ich so. Im Namen des Vaters und des Sohnes und des Heiligen Geistes, als niemand in der Nähe war. Möge niemand die innere Klinke seiner Badetür in Unehren halten, der dieses Buch liest. Ich müßte ihn verfluchen. Möge er sie schonen und denken: Sie ist Herbys Herz. Und wenn Sie einmal den Film sehen wollen, er heißt bei uns »Der schwarze Falke« und ist von John Ford. Als ich meinen Weg gefunden hatte und in Detroit aus dem Flugzeug stieg, wartete ich vor der Paßkontrolle auf die nächste Maschine, damit Debbie aussteigen möge.

Vor der Wirtschaft traf ich den Mann, dem ich heute morgen schon kurz nach sechs begegnet war. Er bat mich, ob ich nicht die Schärpe trüge, dann auf der Beerdigung seines Freundes, weil der Schärpenträger an Grippe erkrankt sei. Er selber trüge die Fahne dann um halb zehn. Ich sagte zu, einen Anzug hatte ich ja an.

Dann kam ein Brief aus Paris, daß ich nie wieder schreiben möge. Doch ich hatte schon am 9. September ein Bild von ihr gemalt. Als ich nach der Schule in die Ofenröhre nach dem Essen sah, entdeckte ich auf dem Reisig neben dem Ofen meine Großmutter mit dem Beil noch in der Hand. Sie mußte Reisig gehackt haben und wie sie der Schlaganfall überraschte, sich noch einen Finger abgehackt haben. Ich nahm ihn und verzog mich in meine Hütte, die ich meinem Onkel abspenstig gemacht hatte, der hier herrenlose Fahrräder hortete, die sich sicher irgendwann verkaufen ließen, und malte den Finger und eine alte Brille. Als ich nach einer zweiten dritten Klasse vom Gymnasium abgehen mußte, wiederholte ich mir in dieser Hütte die über meinem Verbleib entscheidende Frage: Welche Staatsform herrschte in Griechenland im Jahre 600 vor Christus? Ich sah mich wieder und wieder ratlos zwischen Kartenständer und Tafel stehen. Ich hob den Finger, weil meine Kameraden den Finger hoben und ich in meiner Verzweiflung dachte, das sei die richtige Antwort. Du Antwort! brüllte der Lehrer, dessen Namen ich vergessen habe, was hebst du den Finger, wenn du gefragt bist! Hätte er mich nicht einen Trottel nennen können? Ich verkroch mich auf die verrosteten Fahrradgestelle in diesem Schuppen und zerbrach mir den Kopf über das Schulsystem: Warum stellten sie mir in der zweiten dritten Klasse andere Fragen als in der ersten dritten? Warum wurde mir eine zweite dritte Klasse, in der ich völlig andere Antworten geben mußte als in der ersten, nicht als vierte Klasse angerechnet, als erste vierte? Als ich von Sokrates hörte, wollte ich Sokrates sein.

Straßenkehrer!

Bewahre ihn vor dem Rachen des Löwen, vor den Tiefen der Unterwelt, daß die Hölle ihn nicht verschlinge, daß er nicht hinabstürzt in die Finsternis. Ich glaube, das sagte der Pfarrer. Vielmehr begleite ihn der Fahnenträger. Den sah ich skeptisch von der Seite an. Mit meinem damaligen schlechten Augenlicht konnte ich niemand aus der Gemeinde erkennen. Ich zog mich in meinen Anzug zurück. Schließlich sah ich mit meiner Schärpe wie jemand aus, der den Ozean am schnellsten überquert hat. Ich wollte während der ganzen Prozedur kein Haar rühren. Würde ich mit der flachen Rumflasche aus der Brusttasche auf die Schläfe meiner Frau einschlagen, wenn es ihr einfallen sollte, die paar Stufen zum Altar hochzukommen? Ist der Traum erloschen, daß wir uns einmal lieben werden, wenn wir uns auch nie geliebt haben? Wenn sie sich die Haare zurückhielt, brach die Frau aus ihr hervor wie die Sonne aus dunkler Wolkenwand.

Nichts tun
Nichts sein
Selbst mit dem Gebet
Läuft die Zeit davon
Nur im Herbst eine Pflaume essen
Eine gelbe oder eine blaue

Ich war 16 und hatte nichts geleistet als einen schönen Neger gemalt. Urwalddoktor hätte ich werden wollen. Weißt du, im Wald ein Doktor sein. Weiß du, wenn sie dir einen Kranken bringen, dann rodest du einen Baum und läßt du den Kranken hinlegen und heilst ihn. Wenn ich der Tante ein Bild zeigen wollte, weil ich es jemand zeigen mußte, wischte sie noch einen Eimer aus. Oder ein Milchreis war angebrannt. Bei künstlichem Licht sah das Bild besonders einnehmend aus. Da war meine Mutter auf »Besuch« und sagte: Soll er halt Maler werden, wenn er schon so gerne malt! Ich ging zu ihr hin und streichelte sie. Meine Tante folgte weiter ihrem Gedankentrott. Nur eines konnte noch schlimmer sein als Straßenkehrer: Kunstmaler. Und nun merkte ich auch noch im geheimen, daß Gedichte in mir entstanden. Die zweite verhängnisvolle Note auf dem Gymnasium bekam ich in Deutsch, weil mich bei der letzten Schulaufgabe, der Bildbeschreibung einer Rosenernte in Bulgarien, die Wolken auf dem Bilde so störten.

Im Innern sind die Steine eins
Nicht mehr so tief
Werden sie verschoben und drängen
Sich in der Erde ist kein Platz hoch
Wie hoch ein Berg muß weiß keiner
Die Pflanze ist stumm
Vom Stein hört man nichts
Berg sein ist unverständlich
Die Winde trifft keiner
Das Blei bleibt unten
Die Wolke laicht über dem Tal
Das Bergsein greift weiter
Bergrein Bergstein
Der Berg hat seinen Weg meistens
Schaut er in die Berge hinein
Ein Berg sein
Ein Berg ist ein Singender
Ein sich Gleichender
Berg = Berg

Ich sah aus der Hütte zu dem Waldhang hoch, der sich oben zu einem kleinen Berggipfel zusammenzog.

Wandert das Gelb
Gelb kichert nicht
Hat keine Haut ist trocken
Gießt man es wird es grünlich
Gelb gelacht ohne verderbendes Rot
Aus sich gelb gelbe Genüge
Gelb wie ein Vogel

Wie Fisch das Blatt das er ißt
Gelb hat einen Rand
Was heiliger ist als der Schein
Des Heiligenscheins gelber ist gelb
Kein Herbst ist gelb kein Jahr
Gott mag gelb sein sein Mantel
Gelb wandert ein
Gelber Hüne Arme aus Gelb
Die Haare darauf staubiges Gelb

Noch konnten meine Einfälle nicht in das Räderwerk meines Lebens greifen. Herbi, eines Tages wirst du dich mit y schreiben!

Ich bin ein Olm von Laibach
Mein Vater war ein Olm von Laibach
Ohne Verwandte unter den Verwandten
Waren keine Musikanten
Die uns erkannten nannten
Uns Olme von Laibach
Wir spielten nie Schach

Wenn mir nach der Arbeit ganz elend war und ich bei meiner Tante vorne keine Ruhe finden konnte, verbrachte ich auch die Nacht im Schuppen. Ich habe nur immer auf die Fahrräder geflucht. Ich legte mich so, daß ich das Wohnzimmer im Haus gegenüber im Auge behalten konnte. Zuerst ging immer die Mutter ins Bett, bis sie eines Tages gestorben ist. Dann gingst Du ins Bett, Maria, und dann gleich Dein Vater. Du hattest kein eigenes Bett und schliefst auf dem Boden. Es hieß, daß Dein Vater von Zeit zu Zeit aus dem Bett fallen würde und dabei auf Dich geriete. Ich wartete, bis Du in einer Strickjacke auf dem Treppenaufbau erschienst und zum Außenklo hinuntergingst. Ich raschelte mit allem Papier, das ich in den Taschen hatte. Du solltest sonst nichts von mir hören.

Du solltest Dir einbilden, daß Du träumst, und alles besteht aus Papier. Auch ich wollte aus Papier sein. Als 500 aufgewickelte Rollen Dir zu Füßen liegen. Zu einem einzigen Zündholz geworden meinen prallen Schwefelkopf an Dir reiben und in den jähen Flammen des ganzen Papiers ficken. Schon sah ich beim Schließen der Klotüre den Teil Deines Körpers, der unbedeckt war. Kein Bett und kein Platz. Ich hob Dich hoch und sah Dich im Mondlicht an. Wie das Mondlicht über Deinen haarlosen Körper glitt. Und kein Kind, keine so fade Trense, die sich nicht schneuzen will. Frau mit der größten Wunde der Welt, in die ich meinen Schmerz legen konnte. Und obwohl die Nacht keinen frohen Eindruck machte und die Luft im Tal feuchtkalt war und der Wald der beiden Hänge wie jede Nacht über das Firmament zusammenzuwachsen drohte und immer der eine Stern wie das böse Monokel des Religionslehrers funkelte, hütete ich nicht nur das Beste in meinem Herz, sondern tat auch das Beste und schlief dann auch gleich im Schuppen auf den Fahrrädern nur zeitweise von kurzen Lachern der Erschöpfung unterbrochen ein. Irgendwie entstand damals schon das Bad für 2 Personen, denn meine Zukünftige würde ein Bad für 2 Personen brauchen.

Ich arbeitete jetzt auf der Werft und verdiente ein wenig mehr Geld.

Dieser Vater mußte mir seine 14jährige Tochter schon überlassen, weil ich ihn sonst angezeigt hätte. Wie begehrte ich jahraus und jahrein Deinen Schlund, Maria. Als ich mit dem ersten Anbau an dem Schuppen fertig war, der nicht höher als 2 Meter geworden war, weil es sonst einer Genehmigung der Baubehörde bedurft hätte, feierten wir so etwas wie eine Vermählung. Wenn ich von Ehe rede, meine ich selbstverständlich die wilde Ehe. Allerdings schrie die Erstgeborene die ganze Nacht und kotzte, weil ihr irgend so eine verschissene Babynahrung nicht behagte. Rauf auf die Frau runter von der Frau, das

Kind! Und als ich ein Kissen auf das Kind warf, das vielleicht seinen Opa zum Vater hatte – als ich dieses Kind nicht ersticken aber beruhigen wollte mit dem schneeweichen Kissen, da flog ich auch schon gegen eine Wand, und so begann der Abriß des ersten Anbaus, den wir in der zweiten Nacht unserer Ehe völlig zuschandenbumsten, so daß Du am frühen Morgen – in Nachtschicht arbeitete ich erst später – daß Du, Maria, zerzaust mit Balken im Haar und unter dem einen Arm eine Bettlade und unterm anderen das Kind wieder zu Deinem Vater hinuntergingst. Ich schoß auf dem Fahrrad aus dem Schuppen zur Arbeit. Wo ich doch alles für ein wohnliches Heim getan hatte! Durch die Türe mußte man sich zwar bücken. Ins Fenster paßte nur ein Kopf. Der Deine zweimal, Maria, Dein schöner kleiner Kopf. Wenn ich ihn in meinen Händen halten durfte, dachte ich mir: Ein kurzer Ruck und er gehört dir ganz. Diese dünnen Kinderhälse später. Wann immer ich einen unverletzten Hals erblickte, wollte ich ihn damals verletzen. Aber wann erblickt man einen unverletzten Hals? So daß mein Wunsch gar nicht recht aufkommen konnte. Dürften wir uns doch verletzen wie es uns paßt, war mein Wunsch, das wäre so beruhigend. Du bist auf mich losgegangen und ich habe mich geduckt, Maria, das war alles. Ich hätte Dir gern Paroli geboten. Mit Deinem Küchenmesser, das mich nicht getroffen hat, Dir den Oberarm zerwühlen, so wie man Leber für Leberspatzen ausschabt. Stückweise hätte ich Dich mir einverleiben mögen. Oder im Wald. Wenn Du hinterm Haus in den Wald hochgestiegen bist. Was hätte ich mit Dir machen mögen, als Du noch auf der Wiese von der Sonne so beschienen gewesen bist. Immer zu etwas aufgelegt, mußte ich Dich ziehen lassen, Maria. Ich hätte Dir so gern die ersten 10 Meter, in Wurfweite also, das Beil nachgeworfen, damit es sich in Deine ewig heilen Kniekehlen gräbt und Dein dickes dunkles Blut über die Wade perlt wie Rubinkugeln. Wie ich mich aus dem Dikkicht auf die Lichtungen gerettet habe, Dich Maria nicht zuzurichten! Am liebsten hätte ich auf jeden dürren Tannenaststumpf ein Schnitzel von Deinem Fleisch gespießt. Dann wäre ich ins Dorf gegangen, hätte mir vom Huber die Kirchenschlüssel geholt, wäre auf den Kirchturm gestiegen und hätte zum Wald hinübergeschaut, auf die einsame Fläche der Tannenwipfel. Auf der Straße hätte ich die winzigen Fleischklümpchen gewußt und mein Eindruck hätte sich bestätigt, daß die Häuser auseinanderklaffen. Ich hätte geschwiegen wie eine Fliege. Und was für eine Gelegenheit, wenn der Hammer zweimal auf das Stück Eisenbahnschiene schlug für halb 3, die Hand darunterzulegen. Gleich nach dem ersten Schlag die zerdrückte herauszureißen und vor dem zweiten Schlag die verflucht unversehrte darunterzulegen. Durch die Spalten des Turmfensterverschlages hätte ich die beiden roten Lappen hinaushängen lassen und hätte das Gefühl gehabt, daß etwas in Ordnung ist. Du bist immer so fern gewesen, Maria. Geschwiegen hätte ich wie ein Abendrot.

Wohin du
Gebierst Sonne
Zu nah bin ich
Deinem Plissee
Aus deinen
Schalen des Bluts erhebe dich
Neu von Wasser
Zu Wasser

Was immer das zu bedeuten hatte, es hatte eine beruhigende Wirkung auf mich. Ja, irgendwie läßt es sich mit dem Gefühl vergleichen, das ich gehabt hätte, wenn in diesem Schuppen schon ein ordentliches Bad gewesen wäre, ein Baderaum, wohnen im Bad! Hier löffle ich eine Suppe mit 2 Fettaugen, lege die Hand in den Suppenteller, höre die Finger planschen und sehe den Teller übergehen: Wir werden im Bad wohnen, Maria, und uns im Bad schikanieren und eine Rundwanne werden wir haben, damit es gleichgültig ist, von welcher Seite wir hineinfallen, falls wir ausrutschen oder uns stoßen. Von der Besenkammer habe ich das Bad abgetrennt. Die Besenkammer ist sehr groß gewesen, obwohl wir nicht allzu vieler Besen bedurften. Hier lag z. B. die Klobürste unbenutzt. Beim Klo handelt es sich ebenfalls um eine separate Abtrennung von der Besenkammer. So kam die Klobürste erst einmal im Kleiderschrank und dann auch auf dem Speicher gefunden in die Besenkammer. Hier wurden Besen wie der Schneebesen, den wir im Sommer nicht brauchten, abgestellt. Ich trat ganz einfach deswegen später oft in die Besenkammer, weil sie nichts anderes war als mein alter Schuppen. Nur die Fahrräder waren entfernt. Ich baute wieder auf, und als Du, Maria, ins Bad gegangen bist, habe ich dabeisein dürfen, und dabeisein ist alles. Jetzt muß ich an die späteren Klogewohnheiten meiner Frau denken, da sie drinnen immer zuerst den Wasserhahn aufdrehte, damit ich nichts von ihr verlautbaren hörte. Ich baute das Bad groß, Maria, Du solltest nicht mit Deinem Hintern an die Wand wetzen müssen. Wenn meine Frau ein wenig freier gewesen wäre, hätten wir alle, alle Familienmitglieder, im Bad Platz gehabt und die Kinder hätten sogar Spielzeug mitnehmen können, freilich nicht gerade die Fahrräder. Ich habe meiner Frau ein Bad gebaut. Und als ich von der netten Spiegelkommode im neuen Schlafzimmer zwischen Deine gespreizten Beine sprang, Maria, krachte diesmal nur die Bettstatt zusammen als Du mich aus Deinem Hals hustetest, wo ich stecken geblieben war. Das dritte Kind ist ein trauriges Mädchen geworden, zumal auf Fotografien sieht es traurig aus. Im ganzen hast Du mich, Maria, sechsmal an Dich herangelassen, einmal umsonst, es ist daraus kein Kind geworden. Es geht uns allen gut, bloß der Schwangerschaftstest ist negativ, hast Du mir nach Nürnberg geschrieben.

Maria, oft wenn wir inmitten einer Wiese lagerten, setztest Du Dich auf mein Gesicht und kämmtest Dein goldenes Haar. Keinen Kuß, gar nichts mehr gabst Du her. Unterm Nabel setzte die strenge Region eines Geschlechtes ein, wo fröhliche Regungen ausgemerzt wurden, wo man einging wie durch die Tore einer Fabrik. Ich arbeitete jetzt im Kraftwerk. Wenn jemand gesagt hätte: Du wirst der drittbeste deutsche Maler aller Zeiten, dann wäre ich es auch geworden. Ich reichte nicht weiter als bis zu den Kniewülsten meiner Frau. Wenn sie den gerafften Rock fallen ließ, mußte mich nicht sein Saum erschlagen? Einmal hat sie mir den Schnuller des zweiten Kindes an den Kopf geworfen und sie mußte mich für 3 Tage krank melden. Und über mir der schwarze Adler ihres Schoßes, streng wie ein Staatswappen. Ich hörte die Atemzüge durch ihre Nase donnern. Ich spürte den schwarzen Knopf der Weltzerstörung über mir und hob den rechten Zeigefinger. Mister President, sagte ich und drückte. Und irgendwann, wenn ich mehr Zeit hätte, wollte ich die Maschinen im Kraftwerk studieren, denn schlummerte in mir keine Fähigkeit mehr, die ich noch nicht kannte?

Zeit = Geld

An Geld mangelte es mir. Und deshalb wollte ich in der Nachtschicht im Kraftwerk arbeiten. Den ganzen Tag überlegte sich meine arme Tante, wie sie Geld auftreiben könne für mich, für eine Privatschule, für ein Internat.

In Frieden leben
Den Schmetterlingen nachsehen
Das Heu riechen
Aus den Schuhen schlüpfen
Weil es so heiß ist
Weil die Zehen jucken
Weil sie den Pilz haben

Wund sind und stinken

Ich merkte, wie einfach sich eine Situation spielen ließ. Aber ich suchte doch einen Weg! Es war wohl besser, sich aufzuhängen. Der Gemeinderat hatte sowieso schon seit meinem unrühmlichen Abgang vom Gymnasium in Gestalt eines Landpolizisten sein Augenmerk auf mich gerichtet. Von 2000 Einwohnern war ich der einzige, der das Gymnasium besucht hatte, und ich hatte versagt, wie sollte ich diese Bürde tragen? Mit dem Polizisten wollten sie mich auf die richtige Bahn bringen. Kratzte sich ein Gemeinderat verlegen und riß sich dabei ein Ohr ab, traf mich ein strafender Blick. Wie leicht entschieden sie, wenn sie ein neues Industriegelände ausmachten, daß es lärmend den Sozialwohnungen vorgesetzt wurde? Kaum daß einer wenigstens akustisch den Antrag verstand, über den sie abstimmten. Da ich allzu lange einen Baum aussuchte, wurde jeder Selbstmordversuch, da ich nun einmal schon zur Diskussion stand, angelastet, 60 Versuche an einem Donnerstag. Daß ich nicht lache! Einmal schaufelte die 2000köpfige Gemeinde einen geraden Graben, stellte sich davor in militärischer Formation auf, hatte ein Truppenkontingent von der Bundeswehr angefordert, das auch prompt gekommen war, sich erschießen zu lassen. Halt! brüllte ich. Was macht ihr euch die Arbeit. Wollte man erproben, ob ich mich dann auch umbrächte? Die Mütter sind auf Knien gelegen, ich möchte sie von der Geißel der Selbstmordversuche erlösen, die ich angeblich verursacht hatte. Fuhr einer verrückt Auto, warfen seine beiden Freunde Steine auf meinen Schuppen, so daß ich Bretter vor die Fensteröffnungen nagelte, die auch später immer daranblieben als ich um den Schuppen längst ein Haus gebaut hatte. Und stürzte einer tödlich vom Bau, handelte es sich plötzlich nicht mehr um einen Arbeitsunfall, sondern um Selbstmord. Eine Lebensmüdigkeit bemächtigte sich dieser Gemeinde! Die

Kinder gingen matt zur Schule. Den Kartenspielern welkten die Karten in den Händen. Ja die Sterne blieben an der gleichen Stelle und man hätte nach ihnen schießen können, wenn die Gewehre nicht zu schwer geworden wären. Der Gemeinderat gewährte mir ein zinsloses Darlehen, damit ich immer noch auf eine Privatschule ginge, meine Bildung vollende und dann von der Gemeinde die Selbstzerfleischung nehme. Nachts legte ich mich zur jüngsten Tochter ins Bett, weil sie leicht nach Ameisensäure roch. Ich wollte nicht mehr zwischen den Häusern gehen und vorm Himmel schwarze Bäume sehen und das Zerbersten des hiesigen Krankenhauses hören, das eine schnell ins Leben gerufene Gesellschaft zur Selbstmordverhütung errichtet hatte. Da 80 % der Bevölkerung bereits damit beschäftigt waren, sich das Leben zu nehmen – 18 % arbeiteten auswärts auf Montage, von 2 % wußte man nichts. Allerdings wollten die wenigsten sterben. Da schon ein jeder der 80 % der Einheimischen einmal, wenn auch noch so verschwiegen, gedroht hatte, Hand an sich zu legen, kamen aus diesem Kreis keine Kräfte zum Fällen des Bauholzes für das zu errichtende Krankenhaus in Frage. Der Ortsgeistliche stellte sich zwar mit den Weihrauch schwenkenden Ministranten vor einem Waldhang, damit die für das Bauholz tauglichen Tannenstämme auf seine Beschwörung von selber herunterkullern möchten. Auch vor dem Steinbruch ist er gestanden und hat hochgeschaut, denn das Krankenhaus sollte aus Stein sein. Die Sonnenstrahlen zausten von hinten in den Kammtannen. So kam alles von auswärts, das Holz, die Steine, das Glas. Das Glas hätte doch die ortsansässige Glasindustrie erzeugen können – streng verboten, denn Glasbläser sind hochqualifizierte Selbstmordkandidaten. Aber die Schreiner haben immer Fensterstöcke gemacht, sauber gemacht! Die Schreiner wurden gemustert: keiner, dem nicht ein Finger fehlte. Selbstmord auf Raten, hieß es und Kräfte von auswärts zogen in die 3 Schreinereien, und die ortsansässigen Schreiner mußten in die Vorbeugungsbaracken. Aber jeder, der in den Ort kam, kam zugleich in den Verdacht, ein potentieller Selbstmörder zu sein. Es war, als hätte in jedem schon lange der Wunsch geschlummert, sich umzubringen und erst bei uns sind ihm die Augen aufgegangen: Was lasse ich mich ein Leben lang umbringen? Selbst ist der Mann! Und was stand nicht schon alles auf dem Profylaktenkatalog der internationalen Kontrollkommission! Auch Aquarellpinsel. Die Straßenkehrer strichen den Unrat mit blanker Hand auf das Bankett. Und rastete man, schliefen dabei die Beine ein – so hat es mit Sokrates begonnen. Ich würde einmal außerhalb der Friedhofsmauer eingescharrt werden, weil es mir sicher einmal gelang, an mir Hand anzulegen. Die Geschmackszellen waren uns verödet worden, weil es zu vielen gelang, über dem Duft eines frischen Kartoffelsalats einzuschlafen. So wurden wir jetzt künstlich ernährt. Hatte man nicht nach der verbotenen Mode, sich zu Tode zu fressen, nicht auch Kieselsteine verschlungen und Holz von den Bäumen gerissen? Säuglinge, die sich unter dem Vorwand, Rosenduft zu lieben in Dornenhecken hatten legen lassen, hatte man tot aufgefunden, weil sie sich die Dornen ins Fleisch gerammt hatten, so viele sie nur mit ihren kurzen Armen erreichen konnten. Malen durfte ich längst nicht mehr. Da ich bis zuletzt weiße Landschaften liebte, setzte ich jeder Farbe das bleihaltige und deswegen giftige Cremserweiß zu, das am besten deckt. Hitzeweiße salzweiße Salpeterlandschaften. Bei Sonnenschein mußten wir alle weiße Anzüge tragen. Und Hüte, damit wir den Sonnenstich nicht ausnutzen konnten. Es gab damals keinen losen Stein. Die Stromleitungen waren verschwunden. Niemand sollte den Tod finden, indem er einen Polizisten hänselte, also keine Polizisten. Wo waren die Flüsse hingekommen, wohin die Kolonialwarengeschäfte? Laßt mich an einem Apfel ersticken! Und da ein Mensch einem anderen Mensch seinen steifen Finger zur Verfügung stellen hätte können, sich damit umzubringen, gab es auch fast keine Menschen mehr. Lautlos bewegten wir uns einzeln über eine dingfeste Landschaft. Kein Vogel, an dessen Anblick man sich hätte zutode sehen können. Es wurde alles getan, um den Eindruck zu erwecken, man sähe nichts. Und als bekannt wurde, daß sich einige am Anblick des blauen Himmels zugrunde richten konnten, wurde der Himmel mit einem gleichmäßigen graugrünen Farbton zugemacht. Wer sich mit der eigenen Hand die Nase zuhielt, dem wurde die Hand oder die Nase abgenommen. Wolltest du Speichel ausspucken, dann kam der Impuls von der Zentrale, der das verhinderte. Wohin man auch ging, man war sicher. Niemand lebte mehr in Ortschaften, sie waren von milchigem Polyester übergossen. Wehe, dir fiel ein Fenstergriff ein! Ein Fenster, 8 Meter tief zu stürzen! Menschen, die sich einen Selbstmord vorstellen konnten, gab es nicht mehr. Ich hielt mich still, hielt mich immer ganz still und überlegte. Denn auch der, der eine Kontrollfunktion ausübte, konnte dem Mißbrauch der Kontrolle nicht entrinnen und kontrollierte sich zu Tode. Und als nur noch Apparaturen kontrollierten, konnten sich auch die nicht von den Programmen ihrer Programmierer absetzen. Es übernahmen sich auch diese Kontrollorgane. Und wer die oberste Aufsicht hatte, kam nicht mehr zum Schlafen, ja freute sich, daß er so krepieren konnte. Meine Frau beging den Fehler, daß sie mit einem Stier schlief, um zu sterben. Doch in einem Sanatorium genesen, wurde sie hingerichtet. Das Todesurteil wurde ihr nicht bekannt gegeben, damit sie sich nicht einbilden konnte, sie vollstrecke es selber. Ich war dumm, und wie jeder Dumme spürt, daß er noch einmal Kind sein muß, glaubte ich daran. Und Kinder kommen nicht in Verdacht, sich an dem Verantwortungsbewußtsein der Aufsichtsbehörden zu Tode zweifeln zu können, sie glauben einfach daran. Aber vorerst stand ich noch im Schuppen und im Eingang schillerte das schwarze Regenwasser in meinen Fußstapfen. Ich konnte mir nicht vorstellen, daß hier einmal Kinder spielen würden. Ich mag keine Kinder. Nur Waisenkinder. Ein Kater jaulte wie ein zu erdolchendes Kind. Die Katze versteckte schmeichelnd ihr Geschlecht. Wenn ich jetzt dann die Hose aufmachte? Diesen Frühling würden die Erlen da draußen schon noch standhalten. Von Zeit zu Zeit trat ich an den Eingang, um über die Prärie zu schauen, die sich talauswärts erstreckte und in der Ferne mit der Prozession langsam ziehender Wolken verschmolz. Sich vorzustellen, daß man ferngesteuert auf ebenen Wegen geht und zurückgehalten wird, wenn man einem Erlenstämmchen zu nahe tritt, aus allen Blättern das Chlorofyll geholt, damit sie alles Licht durchlassen und niemand vom Blätterschatten bedrückt sich das makellose Elend seines Lebens vorstellen kann und blitzschnell zugrunde geht. Zu dieser Vorstellung kam ich am Ende meiner Nachtschicht im Kraftwerk nicht, weil es eines der Rohre mit zusätzlichem Energielieferanten, auf 315 Grad erhitztes Wasser, wegen eines Schweißfehlers zerriß und ich nur überlebte, weil es mir das Blech der Isolierung an den Kopf drosch. Erst später, heute, da ich Geld habe, kann ich mein Leben mit den obigen Vorstellungen verbinden. 15 atü heiß, hat meine Tante gemeint haha, die Backen sind mir heruntergehängt. Da hinten habe ich die Nase gehabt. Mit dem Hubschrauber haben sie mich nach München geflogen, weil sie mir im Krankenhaus unten nicht mehr helfen haben können. Das neue Unterhemd, daß ich angehabt habe, ist vom Blut so verpappt gewesen, daß sie es runterschneiden haben müssen. Das müssen sie dir auch ersetzen, hat meine Tante gesagt. Geh, habe ich gesagt, wir können jetzt nicht mit dem Unterhemd kommen. Ganze 25 Mark haben sie mir für die neue Brille bezahlt. Daß sie mir die alte ersetzt hätten sowieso keine Rede. 115 Mark habe ich draufzah-

len müssen. Am Anfang hat es geheißen, daß ich überhaupt nichts mehr sehen werde. Dann habe ich doch noch auf dem einen Auge ein wenig, eine Hälfte gesehen. Dann hat es geheißen, daß ich den grauen Star kriege. Ich habe mir gedacht, daß ich eine Unfallrente kriege. Da beiß runter vom grauen Star! Da sich der Neue nachts auf sein Bett legte, kam man auf die Idee, für mich größere Zifferblätter anzubringen. Es war nur die Frage, ob meine fortschreitende Erblindung die Zifferblätter noch zu rentieren schien. Ich war um das Angebot froh, denn ich wollte in einem neuen Betrieb nicht der Patschen sein. Aber nach den ersten Dienststunden habe ich zuhause im Bett so herumgefuhrwerkt, daß ich auf die blanke Matratze zu liegen kam. Sie haben mir einen von der Berufsgenossenschaft geschickt, da ich nicht mehr ins Kraftwerk ging. Sie haben gemeint, daß ich faulenze. Ich habe heute noch eine Liste mit 10 Punkten, die ich meiner Neigung zur Onanie zu begegnen, vor dem Unfall ausgearbeitet hatte, weiter war ich damals nicht gekommen.
Punkt 1) ist abgerissen
2) Mache nach einem jeden Mal die Hosentüre später zu
3) Tue es nur noch mit einem Handschuh an
4) Ziehe nach einem jeden Mal eine frische Unterhose an
5) Wasch die Unterhosen immer selber
6) Hör nach einer jeden Reibung auf
7) Warte ein jedes Mal 10 Atemzüge lang, bevor du anfängst
8) Warte 5 Minuten vorher
9) Schreibe vorher ein Gedicht
10) Tue es nicht mehr in deinem lieben Schuppen, sondern im Klo, wenn es vollgeschissen ist

Habe ich später aus meinem Leben die richtigen Lehren gezogen? Nach diesem Unfall wollte ich unbedingt Malerei studieren. Ich bestand auch die Aufnahmeprüfung und fand einen Job, mir das Studium zu finanzieren, aber ich sah einfach zu wenig. 237 Mark im Monat und volle

Verpflegung und freie Unterkunft und nur jeden zweiten Tag Dienst, aber Taubstumme im Heim beaufsichtigen. Warum bestrafen Sie die Kinder nicht, wenn sie das Kompott aus den Kompottschüsseln schlürfen, schnauzte mich der Direktor an. Ich habe es auch geschlürft. – Achso, noch nichts vom kleinen Löffel gehört? Bei Deinem Besuch in Nürnberg, Maria, lagst Du auf der Bank in meinem Zimmer und ich durfte Dir durch die Strumpfhose Luft in die Vagina blasen und abwarten, bis sie herausplupperte. Beim Eintreten der Putzfrau habe ich Dich in den Schrank gesteckt. Verschämt machte ich ihr klar, daß ich im Schrank meine Frau habe. Sie ist auch Putzfrau, sagte ich wie zur Entschuldigung, in einem Gymnasium. Als ich dann ein Stipendium bekam, nahm ich ein anderes Zimmer. Ich wollte verlottern und hatte doch Angst, das Zimmer würde dadurch in Mitleidenschaft gezogen. Einerseits konnte ich mich nicht aufraffen zum Hausmeister zu gehen und ihm zu sagen, daß es in mein Zimmer von oben tropfe, andererseits stellte ich eine leere Bohnenbüchse unter und es war mir klar, daß das kein Verlotternder macht. Das ganze Haus wäre in Verruf gekommen, hätte ich mein Zimmer vernachlässigt, deswegen stellte ich die leere Konservenbüchse unter, denn Menschen, die verlottern, essen Konserven gern, sonst würde ich schließlich auch noch den Verruf einer Häuserzeile schaffen und damit auch noch das Konzentrationslager, in dem die Häuserzeile in mühseliger Kleinarbeit und bei Minuswerten auf die Ladebrücken eines Güterzuges gebaut wurde, dann zur leeren Straßenseite gefahren und auf sie abgeschoben wurde, in Verruf bringen und überhaupt alles, was mit diesen Internierungslagern zusammenhing, deswegen stellte ich die Büchse unter und war deswegen nicht verlottert, weil einer, der verlottern will, nichts unterstellt. Ich wollte aber verlottern, denn ich aß ja schon Konserven und die leeren Büchsen wegwerfen, wenn es in das Zimmer tropft? Und sich deswegen in Verruf bringen? In Verruf wollte ich nicht sein, aber verlottert wollte ich sein. Ich stand mit der leeren Büchse im Zimmer und fragte mich: Soll ich sie unterstellen oder nicht? Es tropfte und tropfte. Da stellte ich sie schnell unter und ging weg. Zum Malen kam ich nicht mehr. Ich ging auf die Burg. Die Leute sprachen von einem schönen Tag. Ich setzte mich auf die Bank vor dem Sinwellturm und hörte: Die Aussicht ist wunderbar. Es war heiß und ich war etwas verschlafen, da ich in mir eine klare Stimme hörte:

Unterm Totentuch
Wasserspiele der Liebe im Mund
Noch blüht meine Zehe
Es grünt der Fund
Meine weichen Hirnteile
Vom Rind in der Pfanne
Schaufeln

Darf ich mir das aufschreiben, oder beleidigt es Sie, daß ich mir in Ihrer Anwesenheit so ein schlechtes Gedächtnis zumute, fragte ich Debbie. Ich sah in der Brieftasche nach und kaufte mir auf dem Weg zum Bahnhof eine Schale Erdbeeren. Ich stand wieder vorm Starnberger See und sah etwa 200 Meter hinaus. Weiter draußen mochten diese weißen Dreieckssegel sein, die nach Regenfällen eine Zuversicht aufs Wasser setzen und die gedrückten Hügelzüge aufheitern. Im Dorf zurück besuchte ich meine ehemalige Lehrerin. Auf dem Bücherregal stand das Blech von der Isolierung, das sie vom Kraftwerk erstanden hatte. Man sah genau, wo meine Stirne war und meine Nase, gleichsam als Endprodukt ihrer Bemühungen um mich. Ich brauchte Arbeit. Sie ging in die Wirtschaft zum Telefonieren. Nach langer Zeit kam sie mit der Nachricht zurück, daß mich ihre Freundin in Gauting als irgendwas nehmen wollte, auf Probe zunächst. Ich spezialisierte mich auf die Küche, weil ich die überschauen konnte. 11 Jahre lebte ich mit dem Trost einer Türklinke.

Und jetzt war ich wieder im Dorf und wieder sollte sich mein Leben ändern und endlich zum Guten. Noch war ich in dieser Totenmesse, meine Beine wurden steif vor Verlangen: wegrennen wollte ich! Keinem Bekannten von früher begegnen. »Hausangestellter« bringt doch kein Mann vor Leuten über die Lippen, die ihn nicht als solchen kennengelernt haben.

Endlich kam die Wandlung, so daß ich mich hinknien konnte und der Gemeinde unsichtbar einige kräftige Schlucke aus der Rumflasche holen konnte. Damit beginnt mein Aufstieg. Da ist nämlich einer Frau schlecht geworden in der Kirche, daß sie ohnmächtig geworden ist und deswegen so schwer gewesen ist. Das habe ich nämlich nie geglaubt, daß Ohnmächtige so schwer sind. Deswegen bin ich auch vom Rum gestärkt zu ihrem Kirchenstuhl gerannt und habe mitgeholfen, sie hervorzuziehen und hinauszutragen. Ich bin vorne gegangen beim Tragen und deswegen rückwärts gegangen. Ich hätte natürlich auch vorwärts gehen können und die Hände nach hinten gestreckt die Frau mittragen helfen, aber das hätte ausgeschaut, als trüge man keinen Menschen, und die Leute, die wie der Pfarrer auf der Kanzel von dem Vorfall nichts mitbekommen haben, hätten gedacht, wir tragen etwas, was nicht in den Gottesdienst gehört. Einen Traggurt müßtest dabeihaben, habe ich mir gedacht, während ich mich abgeschleppt habe, weil die Ohnmächtige so schwer gewesen ist wie ein Toter. Die Toten sollen von allen Menschen die schwersten sein. Deswegen meine Abscheu vor dem Wahrsager, denn falls der sagt, daß ich bald sterbe, fühle ich mich so beschwert, daß ich beim Arbeiten vornüberfalle und mir dann selber im Weg liege und, weil ich dann die ganze Zeit damit beschäftigt wäre, um mich herumzugehen, nicht zum Arbeiten käme. Der

Pfarrer redete über El Alamein. Wir steigen auf Sanddünen mit dieser Frau aus Blei. Einer will einen Skorpion in ihren Kleidern verschwinden sehen haben. Wir sehen gleich nach und finden ihn in der Schenkelbeuge. In meinen Adern ist Gift, röchelt sie. Hat es noch einen Sinn, sie hinauszutragen? Diese Frage ist in den Gesichtern von uns gestanden, die wir sie getragen haben. Ihren Didschi, das ist der Hut einer alten Frau, der auf das Kirchenpflaster gefallen ist, haben wir liegen lassen. Ich ging zurück und mit einem ungnädigen Gesicht nahm mich der Fahnenträger wieder an seiner Seite auf. Doch ich hatte mir draußen mit dem Rest der Flasche Mut gemacht und hätte es an Ort und Stelle unternommen, dem Fahnenträger einen Zahn zu ziehen. Brauchst nicht meinen, daß ich kein Zahnarzt bin! Zu mir gehts auf einer Holzleiter hoch. Wenn du kommst, setze ich einen Tropfen Wasser auf, damit ich mir dann die Hände waschen kann. Ich kann dir beim Einstieg in meine Praxis behilflich sein, auch beim Mantelausziehen. Du mußt an den Stuhl gebunden sein und dann wird mit dem Fernrohr in den Mund geschaut. Merk auf den Toten auf, flüsterte er unter seiner Fahne herüber. Ich habe mir gedacht, daß er sich vielleicht vor den Leuten fürchtet. Hast eine Unordnung daheim, fragte ich. Hast die Kleiderbürsten bei den Haarbürsten liegen? Der Fußboden in der Diele ist wahrscheinlich zu dreckig. Hast eine große Büchse mit Tomatenketchup im Küchenregal und in der wimmelt es von Würmern drinnen wie in dem Trockenabort draußen vom Ziegler, in dem ich gerade gewesen bin. Recht hast du: die Kleider hängt man nicht einfach über die Kleiderschranktür, daß sie einfach so schlampig herunterhängen. Ich sage ja auch nichts, wenn es im Bad einmal naß ist. Aber das sage ich dir, im Klo muß es nicht naß sein, denn dann ist das Seich! Fangst du auch schon in der Frühe mit dem Aufräumen an? Du darfst nicht ausfallend schimpfen, weil sie dich sonst auslachen. Schimpfst du leise, hören sie nicht hin, ist doch so, aber wer schimpft leise? Es liegt ja immer was rum, auch wenn niemand im Haus ist. Eines Tages kommt die Unordnung von selbst. Auch die Zahnschmerzen sind von selbst gekommen. Bitte Mund auf. Was schauen Sie denn so, sag ich zu ihm, ich bin kein Augenarzt. Ich habe ihn mit meinem Ding geblendet, daß er gar nichts gesehen hat. Ich meine einen Stirnspiegel. Diesen blöden. Mit einer goldenen Zange werde ich dir noch den Zahn ziehen, weil du es bist. Du hast geblutet wie ein Schwein und ich habe dir befohlen, daß du das Blut schlucken mußt, weil ich mir wegen dir keinen Abfluß anlege. Ich wollte ihm das Geständnis abringen, daß er sich an meine Praxis erinnern kann, damit er es nach der Kirche den anderen sagt. Aber er hat nur gesagt, ich soll jetzt auf den Pfarrer aufpassen, weil wir jetzt hinausgingen. Ich war schon zwischen den Leuten und jeden Augenblick konnte mich jemand anlangen und sagen: Nun, Herbi, was hast du denn die ganze Zeit gemacht? Ich brauchte für irgendwas einen Zeugen, für einen anerkannten Beruf. Es blieb keine Zeit und ich taktierte mit dem Nächstbesten, was mir einfiel: Klaviervirtuose. Schau, sagte ich leise von der Seite aber eindringlich, du kennst doch den Liszt und weißt, daß ich keinen Whisky trinke. Du warst einmal bei uns zum Essen eingeladen, da hat meine Frau schneller gegessen als ich, ja? Ich übe 6 Stunden am Tag und du hast mich gefragt, ob ich da nicht blöde werde, ja? Mensch erinnere dich doch an die dürre Ulme im Garten, 200 Mark hätte das Umsägen gekostet, das konnten wir uns nicht leisten, wir haben darüber gesprochen. Nein, die Ulme lassen wir lieber weg, sonst stehe ich wieder wie jemand da, der kein Geld hat. Also Liszt, mit ihm geht es weiter. Über die Sekretärin vom letzten Schüler von diesem Liszt haben wir doch gesprochen. Ich sage Berlin und dir fällt nichts ein? Schön verdummt bist du bei deiner Hausarbeit, Fahnenträger! Was hast du denn für einen Beruf, daß du den ganzen Tag im

Haus bleibst? Aber nur nicht aggressiv werden, damit wird er nicht gewonnen. Wir hatten zufällig eine Flasche Whisky im Haus. Wir trinken keinen Alkohol. Wir haben dir zugesehen wie du den Whisky getrunken hast. Wir wollen mit Whisky nichts zu tun haben, auch wenn wir ihn geschenkt bekommen. Wenn du dich schon an nichts erinnern kannst, dann sage ich es dir jetzt: die Sekretärin ist ihr Leben lang bei keinem Arzt gewesen. Mit 80 Jahren wird sie operiert und hat in ihrem Bauch ihren Zwillingsbruder, der sich dort vor 80 Jahren als sie noch im gemeinsamen Mutterbauch waren, eingenistet hat. Dämmert dir nichts? Gelebt hat er noch, der Wicht. Dann sage, daß ich 20 Zentimeter groß gewesen bin und mit einem verquollenen Gesicht unterm Klavier gestanden bin mit meterlangen Fingernägeln und zentnerschwerem Haar, aus auf Applaus und gleich wieder geübt habe. Leute habe ich bei meiner Chefin schon kennengelernt. Da war keiner drunter bloß mit einer Fahne und sonst nichts weiter. Eine Seidenstickerei hast oben auf der Fahne, so ein glänzendes Maimorgengesicht mit einem Kind auf dem Arm, so ein nacktes Kind ohne Bekleidung mit einem Mutterarm als Lendenschutz. Und so etwas unterstütze ich, du machst mir das Herz schwer. Ich stehe mit meiner ganzen Persönlichkeit für diese Fahne ein, und du sorgst nicht für ein bißchen Ansehen vor meinen alten Dorfkameraden.

Rette o Herr seine Seele, sagt der Fahnenträger. Ist das alles?

Ich stehe da wie auf einer Beerdigung.

Dann sage mir wenigstens, wen wir zu Grabe bringen, fragte ich.

Den Helmut, sagt er. Der Brandenstein Helmut.

Ich werde leichenblaß. Ich muß leichenblaß geworden sein. Meinen Freund, der beim Streicher gewesen ist, als ich im Kraftwerk gearbeitet habe. Bei der neuen Straße nach Grafling hat er mitgearbeitet. Auf das Polytechnikum nach Regensburg ist er gegangen und Tiefbauingenieur geworden. Jetzt folgt Schlag auf Schlag. Ich kann am offenen Grab bloß noch bereuen, daß ich oft gerne einen Auftrieb gehabt hätte für den Maschinenbau, da sehe ich schon die Blechbläser sich gruppieren. Jetzt wird intoniert. Ich lebe mein Leben in einer Richtung geradeaus, und was daneben wäre läßt mich bitter schlucken. Bei Blechmusik könnte ich immer mein Leben umkrempeln. Ich muß so weinen bei dem Lied und aufpassen, daß ich nicht ins Grab rutsche. Bevor ich in den eigenen Fluten ertrinke, werden die Tränen in dieser kalten Welt des Neins zu Schneeflocken und ein Schneegestöber geht von meinen Augen weg und hüllt die Trauergemeinde in einen weißen Mantel ein, die nicht diesem Wetter entsprechend gekleidet ist. Der Fahnenträger hat dabei über mir die Fahne geschwungen. In der Sakristei sagte er als strenger Katholik: Schärpenträger, wenn es jetzt nicht üblich wäre, daß man in der Kirche redet, dann hätten wir uns gar nicht so gut unterhalten können.

In der oberen Wirtschaft ging ich ins Nebenzimmer. Hier saß die alte Schneider Nani vor einem kleinen Bier und wartet das 28. Jahr auf die Heimkehr ihres Sohnes aus der Kriegsgefangenschaft. Da ist eine Mutter, die wartet und wartet und ihr Sohn kommt nicht und kommt nicht. Ich höre den Bach rauschen. Die Aussicht durchs Fenster muß zum Huber seiner Wiese hinüber sein. Sie dämmerte und dämmerte . . .

Den Dahlien fällt nichts ein
Den Zinien fällt nichts ein
Den Gladiolen fällt nichts ein

Ihr Sohn ist schon gestorben. Sterben hat er müssen, hat es geheißen. Sollte ich ein Leben lang nur der Aufenthaltsort für diese schlechten Augen sein?

Die Zäune sind nicht wankelmütig
Die Rasenmäher sind nicht wankelmütig
Die Nächte sind nicht wankelmütig

Ich nahm mein Glasauge in die Hand und sagte: Ich habe mein Auge im Krieg verloren. Die ist schon 85 Jahre und merkt es nicht, daß du zu jung bist für ihren Sohn, sagte ich mir.

Die Bäume schwitzen nicht
Die Atmosfäre schwitzt nicht
Die Sterne schwitzen nicht

Sie schläft in der Gsod(Häcksel)kammer, damit das Bett für ihn frei ist. Die Katze darf nicht ins Haus, damit sie sich nicht ins Bett legen kann. Alle vier Wochen wird es frisch überzogen.

Die Wolken gehen nicht unter
Die Steine gehen nicht unter
Der Verkehr geht nicht unter

Ein braver Bub. Die Braven erwischt es immer. Auf dem Feld hat er das Hemd über die Hose getragen wie ein Franzos. Wie er auf sein Gewand geschaut hat. Sein Anzug ist noch heute wie neu.

Die Atomfysiker sterben nicht
Die Religionslehrer sterben nicht
Die Kindermacher sterben nicht

Aber Wollsocken hat er nicht mögen. Geh, habe ich gesagt, zieh sie halt an. Habe ich schon gewußt, daß ein kalter Winter kommt. In Rußland ist er um jeden Socken froh gewesen. Habe ich gleich zum Stricken angefangen.

Die Holzbeine stehen nicht auf
Die Transformatoren stehen nicht auf
Die Klimaanlagen stehen nicht auf

Wollten sie ihn zusammenschießen. Habe ich gesagt: Laufst immer hin und her, dann trifft dich keiner. Und wenn ich schieß, dann schau ich nicht hin, wohin ich schieß. Hat er mich auch noch verspottet. Wenn er nicht hinschaut, wohin er schießt, nicht, dann trifft er auch nicht, da hat er schon recht gehabt. Deswegen haben sie ihn ja auch nicht getroffen, weil er so gut geschossen hat, daß der andere, der meinen Bub erschießen wollt, hin und her laufen hat müssen, damit er selber nicht getroffen wird. Weil ihn mein Bub so hin und her hat lassen, hat der andere im Laufen schießen müssen und deswegen hat er meinen Sohn nicht treffen können. Unter 100 000 täte ich ihn herauskennen mit seiner Stimm, das darfst du mir glauben, Herbi. Tu dein Glasauge wieder hinein, sonst verlierst du es. Deine Narben verlaufen jetzt in den Falten, sagte sie, daß man fast gar nichts mehr sieht. Wie gut sie noch sah.

Da kommt einer rein, den ich nicht kenne, ist es der Reith? und fragt, ob ich mich an ihren Tisch setzen will. In der Gaststube sind ein Haufen Leute. Es ist der Reith, am Tisch sitzen alte Klassenkameraden. Sie machen der Reihe nach die Münder auf und ich muß hineinschauen. Ich sage, wo eine Plombe fehlt und wo es eine Jacksonbrücke tut. Zum Klavierspiel werde ich wegen des traurigen Anlasses nicht aufgefordert. Auf einen Glaubensbruder ist halt ein Verlaß. Leider ist der Fahnenträger nicht mehr da. Ich sagte ihnen, daß ich jetzt nicht mehr den Beruf eines Zahnarztes ausübe, und warum ich in mein altes Dorf gekommen bin. Sie wollten es sich überlegen. Denn ich mußte erst mit meiner ehemaligen Lehrerin sprechen, wieso, konnte ich ihnen natürlich nicht sagen.

Als ich meine Lehrerin begrüßte, zitterte sie an Händen und Füßen. Meine jüngere Tochter habe sie im Unterricht, ein aufgewecktes Kind. Ich weihte sie sofort in mein Geheimnis ein, und sie ging gleich zur Post, meinen Auftrag, ein Telegramm an meine Chefin, zu erledigen. In der Zwischenzeit entdeckte ich den Hopp Manfred. Weißt du noch, wie wir in dem Western »Der Mann von Laramie« waren? Von Anthony Mann, 1956 haben wir ihn zusammen gesehen, vor dem Sommer, den ich in Gauting verbrachte. Er erinnerte sich auch an James Stewart, Lockhart hat er in dieser Rolle geheißen. Ja genau. Wie er gehalten wird und wie man ihm die Hand durchschießt, das ist schon toll. Ich habe ihn später sogar im Original gesehen. Da kommt Karl dazu, mit dem ich aufgewachsen bin, mein Neffe.

Ich sage, daß ich in Amerika gearbeitet habe bei Chrysler, weißt schon Chrysler. Als Werkzeugmacher bin ich dann zu den Fordwerken gekommen. Die Pressen in der Karosserieabteilung, das waren Dinger! Ich habe die Preßstempel eingerichtet. War in der Produktion in der Pressehalle ein falscher Ton, den habe ich sofort herausgehört und habe die entsprechende Maschine abgestellt. Ich bin da verantwortlich gewesen, nicht wahr, in der Halle. Ich habe die Verantwortung gehabt, daß für die Produktion keine Sekunde verlorengegangen ist, wenn wir die Werkzeuge für ein neues Modell eingefahren haben. Wem ist es denn an den Kragen gegangen, wenn die Schraube locker war? Mir! Da haben wir eine alte Kotflügelpresse gehabt, das war ein Kaliber, Annemarie, habe ich sie geheißen. Ich mußte immer wieder bei ihr vorbeischaun und ihr ein gutes Wort zukommen lassen. Wenn ich das versäumt habe, dann ist irgendwas gewesen, entweder hat sie mit einem Lager Zicken gemacht oder die Ölleitung hat sie verstopft. Wie wir also die erste Blechtafel einlegen, da schaltet die Kupplung von selber und der Oberstempel hat das Blech zerrissen, sauber! Ich habe gleich den Montör, der die Kupplung zusammengebaut hat, zusammengeschissen, einen Sicherungsbolzen hat er bei der Montage vergessen. Also Leerlaufprobe, ich drücke die Kupplung, da fällt ein Stahlbolzen runter, das war der Sicherungsbolzen, den wir mit einem neuen ersetzt haben. Der war nicht größer wie ein Finger. Wenn der drinnenbleibt, sind die Werkzeuge hin, kruzifix und wir sind eh schon im Verzug gewesen. Zum Stoppen ist keine Zeit mehr. Ich habe mir gar nichts gedacht und habe mit der bloßen Hand blitzschnell den Bolzen herausgeholt. Aber auf einen Lehrbub habe ich nicht aufpassen können, und der Depp, muß ich sagen, freilich er hat es gut gemeint, langt auch hinein, damit er den Bolzen raustut. Keinen Ton hat er von sich gegeben. Wie der Stempel wieder aufmacht, hat er von der Flächen was abgezogen, das war auf 1 Millimeter gepreßt und hat ausgeschaut wie so ein Blatt von einer Palme. Glaubst, mir wäre es lieber gewesen, er hätte geschrien. Nicht wahr, ich habe dem Bolzen einen Stoß gegeben, daß er aus der Maschine geflogen ist. Aber er ist mit seiner Hand drinnengeblieben, weil sein Ring von dem Stempel gepackt worden ist. Weil sie immer so mords Ringe haben müssen, die Jugen, weil sie meinen, sie sind was Besonderes. Jetzt hat er ihn gehabt seinen Ring. Aber den Werkzeugen ist nichts passiert, weil der Ring weich gewesen ist. So ein Werkzeug kostet ja ein Vermögen. Aber glaub mir, mir ist das so zu Herzen gangen, dem seine Hand, daß ich eine Woche auf dem Ontariosee Urlaub gemacht hab. Stundenlang bin ich mit meinem Schnellboot hinausgefahren, damit ich die Hand vergiß. Auf die Nacht, wie die Sonne untergangen ist, ist mir die ganze Hand vom Himmel runtergehängt. Glaubst, ich habe die ersten Tage gemeint, ich sterbe. Obwohl mir selber schon so was passiert ist. Geh, sagt der Karl, du mit deinen Augen wirst den Bolzen gesehen haben. Aber ich habe ihm ja extra so auf diesen Einwand hin erzählt, weil ich schon vorher gemerkt habe, daß mir für meine schlechten Augen was einfallen muß. Und ich habe gesagt, daß ich eine Augenverpflanzung gehabt habe, die sündteuer war, aber ich habe ja wahnsinnig gut verdient. Dr. Mauter aus dem Bekanntenkreis meiner Chefin hatte mir beim Servieren erzählt, wenn ich mal Geld hätte, könnte ich mir von der Augenbank in Würzburg zwei Stück einpflanzen lassen. Ich sah Karl an und er sah mich wohl auch an, da habe ich gesagt, daß fremde Augen natürlich nicht die eigenen ersetzen können und in letzter Zeit lassen sie schwer nach, aber in letzter Zeit seien sie für mich nicht mehr so wichtig, weil ich mich gemacht habe und da bin, Arbeitskräfte für meine Fabrik anzuwerben. Das war in Detroit, da habe ich die Stempel eingerichtet. Ein hundertstel Millimeter und schon hast in dem spiegelglatten Dach eine Runzel. So eine große Halle mußt du einmal sehen, in der der Öldunst wie in der Kirche der Weihrauch steht, bloß kommen hier makellose Dinge heraus. Karl, der unter den Tisch geflogen ist, sagte darauf: Ja dann kannst du ja Amerikanisch. Ja freilich, sagte ich. Aber vom Schulenglisch hatte ich keine Ahnung mehr. Sauber, wenn er mich was fragt, der Karl. Da war ich erstaunt, daß mich jetzt auch nicht der Mann in mir verlassen hat, der mir ständig was zuflüstert. How do you touch another man's soul, hielt er parat. Aber Karl ließ ab. Das war schon die Stimme eines Millionärs in mir.

Da kam die Lehrerin zurück, und bestätigte, daß sie das schockierende Telegramm für meine Chefin aufgegeben hatte. Das sich im übrigen als überflüssig erwies, weil die Chefin nach meinem Weggang einen Schlaganfall erlitten hat und bis auf die rechte Hand völlig gelähmt war. Das war auch ein Wink des Himmels, denn diese Hand war wichtig für eine Unterschrift. Ich war meines Erfolges so sicher – und die Zukunft gab mir recht –, daß ich Lothar, der jetzt nur Postbote war, bedrängte, sich in meiner Fabrik einstellen zu lassen. Lothar schwindelte ich jetzt keineswegs an. Hatte sich doch der Einfall schon blitzschnell auf der Scheide zwischen Denken und Sprechen in einen Plan umgesetzt. Die Verwirklichung aber war nur noch eine Geldfrage, damit schließt sich der Ring, denn die Geldfrage, das war meine Idee, zu der ich meine Chefin brauchte. Als ich mit einem rohen Ei in jeder Tasche an ihrem Lager erschien, die Eier hatte ich gewählt, um einen gereiften Eindruck zu erwecken, war sie im Angesicht des Todes bereit, mir eine Wiese von 5000 Quadratmetern und in dieser Gegend von unvorstellbarem Wert zu verschreiben. Es kam sofort ein Notar, sie unterschrieb – für eine zweite Unterschrift, für Erwin, reichte ihre Kraft nicht mehr –, sank zurück und starb. Ich drückte ihr die Augen zu und trug 10 rohe Eier in Gauting spazieren. Am Bahnhof ließ ich 10 Taxis zusammenkommen, legte in jedes ein Ei und ließ sie vor mir im Schritt durch das ewiggrüne Würmtal nach Starnberg fahren. Da war schon für einige Sekunden Debbie da. Es waren kleine weiße Wolken am Himmel, die nicht daran dachten, jemals unfreundlich zu sein. Und in Starnberg habe ich die Gasmaske abgenommen und fügte mich in die Unzahl von Menschen ein. Um allein zu sein, schleckte ich ein Eis.

Aber Lothar hatte immer noch seinen Mund offen. Ja sagte ich, ich habe als Polizist angefangen in Detroit, ich machte mit der Hand Bewegungen, als spielte ich kunstgerecht mit dem Gummiknüppel. Ich ging durch mein Revier, kam an einer Fabrik vorbei und ärgerte mich, daß es immer noch Leute gibt, die ihr Geld leicht und schnell verdienen, aber ich hatte bloß noch keine Ahnung, was Arbeit, schwere Arbeit ist. Wenn sich ein paar Leute zusammentun, die in die Arbeit vernarrt sind, dann geht alles wie von selber. Ich machte eine Bewegung als würde ich den Knüppel auf die offene Hand schlagen, daß es klatscht. Mein Verdienst als Polizist reichte gerade zum Leben. Auch mit meinem Herz war etwas nicht in Ordnung. Komm her, Wachtmeister, hier muß die Staatsmacht eingreifen! Auf diese Art quatscht mich jemand an. Das war in der French Road im Arbeiterviertel. Ich faßte also mit an und mit dem Typen und einem Neger luden wir schwere Brocken ab. Wir schleppten sie in einen Schuppen. Ich ließ mir sagen, das seien Teile einer Maschine. Am nächsten Tag war eine Drehbank daraus geworden. Ich weiß nicht, wo der Kerl die Arbeit herholte, aber er hatte immer Arbeit und lud mich ein mitzumachen, als Kompagnon, verstehst. Wir hatten gerade eine nagelneue Maschine gekauft, da kam diese verdammte Regression, wie sollten wir zwei sie überstehen? Ich nahm meinen Job bei der Eisenbahn und geriet mit dem Kopf zwischen die Puffer, Gott sei Dank ist mein Schädel oben abgerundet, du sollst also nicht denken, daß ich skalpiert worden bin. Ich mußte das erfinden, weil es mir in der Gaststube zu heiß geworden ist, so daß ich den Hut, den ich selbst in der Kirche aufbehalten und auf der Autobahn nicht verloren hatte, herunternahm und auf den Tisch legte. Aber der andere, sagte ich, der darüber krank geworden war, daß er unsere Leute ausstellen mußte, legte selbst im Bett einen Skizzenblock auf seine Knie und zeichnete. Er tüftelte da an einer neuen Vorrichtung für die Autofabriken. Man sollte damit viel Arbeit sparen und er hoffte, sie selbst in dieser schlechten Zeit verkaufen zu können. Wenn ein Arbeiter ein zerbrochenes Werkzeug nicht ablieferte, bekam er von dieser Maschine einen automatischen Kreidestrich. Lothar glaubte alles. Ich habe jeden Abend den Transformator am Ende der Halle in der Hochspannungsanlage abgeschaltet. Also ich bin vernarrt in die Schalttafel und die Hebel. Die Signallichter, wenn sie dich anschauen wie Embryoaugen, da meinst du, du hast ein unbekanntes Leben in dir. An Maschinen kann man schon eine Freude haben. So ein Gebäude umschließt 100 einsame Sklaven, die im Dunkel ein verlorenes Dasein träumen. Und jetzt warteten wir auf Aufträge. In dieser Zeit fand ich es unanständig, daß ich meine Mutter immer wieder warten ließ, und sagte mir, ich bin doch nicht in dieses Amerika gekommen, um hier ausgelöscht zu werden. Ich wußte wirklich nicht, wie es weitergehen sollte. Um es dir in aller Kürze zu sagen, mein Kompagnon starb. Ich hatte seine Erfindung und als es mit der Wirtschaft wieder aufwärts ging, war ich ein reicher Mann, und als solcher habe ich endlich meine Mutter besucht. Auch will ich verhandeln, in Gauting ein Schwesterwerk zu errichten. Das klingt übertrieben. Und wie ist es 20 Jahre später in der Wirklichkeit gewesen? Nämlich so, daß ich diese Erfindung machte. Und natürlich eine brauchbare!

Ich prostete mit Lothar und erhob mich. Nun hielt ich es einfach nicht mehr aus, war denn in diesem Raum niemand, der mir entsprach? Kein Ebenbürtiger, mit dem ich ein Gespräch führen konnte? Da hatte ich wieder eine Idee, eine zweitrangige, zugestandenermaßen, und ich habe sie auch nicht verwirklicht bis vor 10 Tagen, da ich alte Notizen auskramte und mit diesem Buch anfing. Aber nichts destoweniger erfüllte mich damals in der Gaststube auch über diese Idee ein Überschwang, den ich zwar jedem mitteilen wollte, aber mir doch jemand mit Verstand suchen mußte, der auch mitkam. Wer war denn klug genug? Doch nur ein Präsident. Zum Präsidenten mit dieser Idee, nichts als zum Präsidenten. Ach bitteschön, wissen Sie, wo der Präsident sitzt, fragte ich einen, den ich zu spät erkannte. Was bin ich? sagte er. Da setz dich her, sagte er zu mir. Nimm dir ein Maul voll von meinem Bier, Aff blöder. Aber ich wollte neben dem Präsidenten sitzen und lehnte dankend ab. Unter seinem Schutze einen Roman schreiben, dachte ich mir. Und sein Sekretär täte meinen Roman auf der Schreibmaschine tippen, auf einer der vielen Schreibmaschinen des Präsidenten. Stell dir vor, Herby – mit y selbstverständlich – nach jedem Absatz wechselst du ein paar Worte mit dem

Präsidenten. Wenn ich den Präsidenten um eine Zigarette bitte, bietet er mir mit zitternder Hand eine aus seiner Schachtel an. Und zuhause nimmt die Präsidentengattin genau die Zigarette, die neben der von mir gewählten gelegen ist. Das Leben kann haarscharf sein. Vielleicht geht die Frau Lehrerin mit mir in die Komische Oper und der Präsident mit Gattin sitzt nebenan in der Staatsoper. Ich war über diese Nebenrolle schon wieder unzufrieden und ärgerte mich, daß ich ein wenig zu viel getrunken hatte und ärgerte mich, daß ich meine Vorstellungen nicht auf die volle Höhe meiner Bedeutung brachte. Wo geht es jetzt zum Präsidenten, fuhr ich jemand verärgert an. Dieser Kerl packte mich sehr unehrerbietig am Kragen und zeigte mir den Mann. Wo? Ohne den Griff zu lockern, trug er mich hin. Ich kam bis aus 5 Zentimeter heran und sah diesem Präsidenten ins Gesicht. Ach du lieber Gott! Der war zu meiner Zeit der Präsident vom Kaninchenverein. Der Herr Bauernpräsident, sagte jetzt der Kerl, der mich endlich wieder auf meine Beine stellte. Ich konnte diesen Leitbullen nicht ausstehen, und doch wünschte ich ein Schauern über meinen Rücken, als er mich nach meinem Begehren fragte. Ich mußte ihm doch ein Antrittsgeschenk übermitteln. Ich hatte aber nur zwei Malkästen bei mir. Ich pflegte beidhändig zu malen. Also gut, der Sekretär sollte dem Präsidenten die Malkästen überreichen, schließlich waren sie von mir. Daß dem Sekretär gerade die Nase jucken muß, wenn ich ihm die Malkästen für den Präsidenten überreiche, und er sich kratzen muß? Ich steckte sie wieder in das Sakko, damit es nicht zu lange dauerte, wie ich sie in der Hand hielt. Ein Sekretär weiß, was sein Präsident will, also Malkästen nicht. Ich ließ das Sakko mit den Malkästen hinter mir fallen, damit ich nicht mehr im letzten Augenblick doch wieder auf die Idee kam, die Malkästen als Geschenk überreichen zu wollen. Danke, das ist liebenswürdig, daß sie mir das Sakko aufheben, sagte ich zum

Sekretär. Ich dachte, ich höre die Müllabfuhr, sagte ich, und da gebe ich immer am liebsten alles her. Was hatte ich gesagt, die Müllabfuhr im Gastzimmer . . . oh! Ich bin auch von diesem Sakko viel zu sehr vereinnahmt, sagte ich, aber darf ich es Ihnen schenken? Wissen Sie, den Anzug hat schon mein Onkel getragen, allerdings mußte er mit einigen Abnähern verkleinert werden. Vielleicht paßt er Ihnen, wenn Sie die Abnäher auftrennen lassen. Was immer ich auch sagte, ich sprach den Präsidenten schon persönlich an. Und immerhin war er auch der Arbeiterpräsident, weil alle Bauern in dieser Gegend auch in die Fabrik gehen oder sonst wohin, wo sie einige Pfen nige dazuverdienen können, zu ihrer Fretten (unrentabler Betrieb, in diesem Fall also Hof). Um den Faden wieder zu finden, sagte ich: Wie ich vor dem Kriegerdenkmal oben vor der Kirche gestanden bin, hat ein Herr meinen Anzug am elegantesten gefunden und vor der Messe sind immer alle Jugendlichen zusammengekommen. Da sagt der Präsident: Grüß Gott, mit Handschlag. Ich tue auch diesen Handschlag in die Brusttasche, auch er macht mein Herz größer. Herr Präsident, will ich gerade sagen, darf ich für Sie einen Roman schreiben, da blicke ich im letzten Augenblick wieder so weit durch, daß ich mir das mit dem Roman verkneife, und verstehe, was ich in dieser Situation zu spielen habe. Wo druckt der Schuh, will er wissen. Ich habe da zwei Malkästen, sage ich. Nein, sagt er, wir malen nicht, wir arbeiten. Wenn du arbeiten willst, dann kannst du bei uns bleiben. Steck deine Malkästen wieder ein. Im Stall kannst du mithelfen. Das Pferd versorgen, wir haben noch ein Pferd. Für den Schneepflug oder zum Grasheimfahren und so. Bleib! Kannst dich vom Pferd auf den Oberschenkel schlagen lassen, dann hast eine blaue Huftätowierung. An die Stallwand kannst du dich knallen, wir kratzen dich schon runter und geben dann das Pferd auch weg. Für deine Beerdigung kommen wir auf. Wenn du willst, kannst du auch unser Kriegsgefangener sein, mußt halt ein wenig Russisch lernen und ein paar Brocken Deutsch kauderwelschst dazu. Freilich, Ansprüche darfst du keine stellen, und wenn dir meine Tochter gefällt, dann schneide ich dir deinen Schwanz weg. Wenn du deine Nase in unsere Angelegenheiten steckst, dann sind wir geschiedene Leute. Wenn du über den Hof gehst, dann überlege dir, wohin du willst. Rumstehen gibt es bei uns nicht. Wenn du müde bist, dann geh ins Bett, oder setze dich auf einen Stuhl oder trink im Wirtshaus dein Bier. Deine Frauengeschichten wollen wir nicht serviert haben. Die Obstbäume sind auch für dich da. Aber dann nimm deinen Apfel und geh wieder. Und denke immer daran, du bist für das Pferd da. Schlafen brauchst du mit ihm nicht. Auch darfst du ihm keine Schokolade zum Fressen geben und laß dich ja nicht erwischen, daß du ihm Kleider anziehst. Striegeln sollst du es. Lockenwickler gehören nicht in den Pferdestall. Wenn ich sehe, daß du dich im Pferdestall rasierst und mit den Schwalben zwitscherst, dann hau ich dir den Spiegel zusammen und schicke dich zum Teufel. Du bist mir jetzt schon unsympathisch. Ich sehe dich nämlich schon mit dem Pferd auf einem lila Sofa im Pferdestall liegen. Hau am besten gleich wieder ab! Da hast du deine Malkästen! Geh hin woher du gekommen bist, da gehörst du hin.

Herr, erwiderte ich, ich beiße nicht. Ich schlage auch deine Kinder nicht. Ich werde dir auch nicht über den Weg laufen. Ich will dich überhaupt nicht sehen. Und wenn wir uns treffen, dann treffen wir uns freundschaftlich, von mir aus gesehen. Und wenn ich arbeite, dann soll es mir ein Leichtes sein, nichts soll auffallen. Ich will sein wie du, auch wenn ich arbeite. Ich will auch mit dem Hirn arbeiten. Du sollst nie denken müssen, daß ich nur mit den Händen hinlange und man dir daraus einen Vorwurf machen könnte. Ich werde mich so zusammenreißen, daß alles, was ich tue, nicht nach Arbeit ausschaut, sondern nach Vervollkommnung, entschuldige den blöden Aus-

druck, aber ich habe schon viel gearbeitet, da bleibt manchmal was hängen. Ich täte ja gern vor dir daliegen wie ein neugeborenes Kind und du könntest mich zu deinem Ebenbild erziehen, das nicht mit deinem Namen herumläuft, nicht mit der Last deines Besitzes behaftet ist, der Verantwortung deiner Einsicht. Nur du wäre ich, frank und frei. Und alles, was du selber tun möchtest, möchte ich tun. Wenn du für Schweinemast bist, dann mache ich die Schweinemast, ohne von einem etwaigen Mißerfolg von vorne herein beunruhigt zu sein. Wenn ich Bäume fällen soll, dann fälle ich Bäume und die Weltmarktpreise lasse ich Weltmarktpreise sein. Nur um eins bitte ich: Laß mich bei der Arbeit nicht zu Fuß gehen. Laß mich Rad fahren. Auf alle Knöpfe, die es zu bedienen gibt, möchte ich vom Sattel aus drücken. Wenn ich dir Rechenschaft ablege, laß es mich mit der Radklingel untermalen. Was ich ohne Rad in 5 Tagen tue, das schaffe ich auf dem Fahrrad in 5 Stunden. Auf dem Rad kann ich Tag und Nacht tätig sein. Wenn du willst, daß ich eine Frau in deinen Betrieb einbringe, indem ich heirate, dann gestatte mir bitte ein Tandem. Befehle mir nichts, das sich nicht auf dem Fahrrad ausführen läßt.
Ich war während meiner Ansprache dem weiblichen Wesen neben dem Präsidenten so nah gekommen, daß ich von der weißen Bluse, den noch weißeren Streifen, den der Büstenhalter darunter verursachte, unterscheiden konnte. Irgendwie mußte das die Frau des Präsidenten sein, auf den ich keine Aufmerksamkeit mehr verschwendete, irgendwie entsprach mir doch der Präsident von Amerika mehr als er, als ich doch wie von der Tarantel gestochen in Hildas Gesicht blickte. Als ich ihr über das Haar streichen wollte, sagte sie zu ihrem Nachbarn: Jetzt steht der Hansdampf noch immer vor unserem Tisch! Schauen wir nicht mehr hin, damit wir ihn nicht mehr sehen.

Ein Mensch ist empfindlich wie jeder andere auch.

Herby! Dir fällt immer noch etwas ein. Auf deinem Grabstein wird nicht 2 Minuten lang dasselbe stehen, tröstete mich meine innere Stimme. Laufschrift? fragte ich zurück.

Ich ließ Hilda sofort fallen.

Ich möchte an dieser Stelle ausdrücklich meines Urgroßvaters Alois Anzenberger gedenken, ein weitsichtiges Beispiel uns allen: Wer seinen Kindern Gutes tut, der denkt an seine Urenkel. Daß er sich schämte, mit weißen Haaren noch ein kleines Kind zu haben und deswegen seinen Bruder auf das Standesamt schickte, daß er es anmelde, kann seiner Ehre keinen Abbruch tun. Sein älterer Bruder Franz ist noch Leibeigener des Herren vom Ulrichsberg gewesen. Weil ich den Traum nach einem besseren Leben keinem meiner Kinder vermitteln konnte, habe ich, damit er nicht absterbe, dieses Buch geschrieben. Denn meine Kinder sind auch so zufrieden. Aus Liebe zur Technik unterdrückte ich immer wieder meine Neigung zur Dichtkunst. Mit gelben Lackschuhen für meine Großmutter hat es begonnen, als sie bei einem Besuch des Prinzregenten Luitpold in der Gegend ein Gedicht aufsagen durfte, das sie sich im Gegensatz zu anderen Kindern merken konnte, weil es ihr zuhause besser erging. Für mich hat dieser Traum die Gestalt einer Fabrik angenommen. Was erzählen Sie mir für Sachen, sprach mich später noch der Bauern- und Arbeiterpräsident an. Es hatte sich über mich schon die Wahrheit rumgesprochen, und er wollte mit mir im Nebenzimmer ins Geschäft kommen. Ich war aber an jenem Abend in der Wirtschaft, vor der mein Großvater, und in der mein Onkel den Tod gefunden haben, bedient: genug gedacht und genug getrunken, setzte ich mich zu einer älteren Frau, die ebenfalls klein angefangen hatte und längst nicht so weit gekommen war, an den Tisch vor einem der Fenster zur Straßenseite. Der Abendverkehr donnerte vorbei, meinen Augen waren alle Autos aneinandergekuppelt wie die Waggons eines Güterzugs. Nach meiner Ankunft in New York unterzog ich mich nach einigen Wochen des Wartens auf ein Unfallopfer, das weder eine Chance zum Überleben noch versehrte Augen hatte, einer Augenverpflanzung. Als ich von der Operation erwachte, galt meine erste Frage Debbie.

Ein Güterzug fährt durch den Geruch des Klees
Waggon fährt durch der Bäume vieler Grün
Waggon fährt durch der Sträucher heftige
Waggon
Waggon Bewegung
Waggon fährt durch der Gräser flüchtige
Waggon Berührung
Waggon vorbei am Fußballplatz mit 2 weißen
Waggon
Waggon Toren
Waggon den Tennisplätzen
Waggon deren Rot auffliegt

Fiel diese, fiel diese Einladung, sagte diese Frau.

Wir waren damals noch jung. Krieg war und tanzen konnten wir so nicht gehen. Aber man hat damals über vieles hinweggesehen. Das wichtigste war, daß man eben nett war. Und dann wie ich den da kennen gelernt habe, denke ich mir, so viel ist eigentlich an dem Mann auch nicht, daß man sich so dafür erwärmen kann. Und dann habe ich eigentlich noch gar nicht so, so irgendwie mir Gedanken gemacht, es war aber noch nie der Fall, daß mir schlecht geworden ist. Du da stimmt, da stimmt doch irgendwas nicht und dann sag, was soll da nicht stimmen, so, kurz und gut, es war dann eben soweit.

Also ich möchte jetzt den Mann auch unbedingt kennen lernen und dann haben wir das also arrangiert und das war dann im November, da habe ich ja Geburtstag.

Wie machst du das nur, das, daß du da, daß man dir nichts sagen kann und Ding und dann habe ich mich entschlossen mit niemandem zu reden oder zu sprechen, nur noch zu grüßen und weiterzugehen.

Du, du die Leute, die reden schon, da sage ich, ich rede mit denen nichts, gib ihnen gar keine Gelegenheit, daß sie dir was sagen können.

Daß uns da gar nichts eh, ich meine, daß wir da keine finanziellen Einbußen haben.

Also, ich lebe so in den Tag hinein, denke mir, das ist eh Zeit genug, wenns an mich herantritt.

Und dann habe ich so eine Tasche, so eine Gepäcktasche habe ich gehabt und sage ich ja, ich möchte jetzt eigentlich da nicht bleiben. Und dann sagt sie ja. Sie werden jetzt auch nimmer gut rauskönnen, dann sage ich, das ist mir jetzt gleich, das probiere ich jetzt.

Und das weiß ich noch so gut, da standen am, auf der Milchbank so, so Kannen mit Milch und Rahm.

Und meine Mutter hat die Koffer gehabt und eine Käszuteilung. Und am Ende von der Straße war ein Haus und die haben mich schon kommen sehen und haben mir die Türe aufgemacht und mich schnell reingelassen. Mein erstes war natürlich, daß ich sofort geschaut habe, was da, ob Kind, das Kindchen hat friedlich geschlafen, das war wunderbar.

Und dann war ein Straßengraben rechter Hand von dem Haus und da lag ein Koffer und dieser Koffer fing sich also zu bewegen an und wurde so, so wild und dann kam ein Kopf raus und das war also meine Mutter.

Oder sind in den Wald gesprungen und dann haben die runtergeböllert, also wie die, wie die Narrischen und haben also die Kinder zum Teil schwer verletzt. Und die Milchkannen. Aus den Milchkannen ist also wie aus einer Gießkanne Milch herausgelaufen.

Also ich hätte es wirklich nicht geglaubt, wenn ich es nicht selber erlebt hätte.

Ob Sirene oder also Warnung oder Entwarnung oder Vorwarnung.

Also man muß ja auch Glück haben, nicht, war das ein

Bekannter von meiner Mutter. Und die haben sich dann natürlich ganz großartig begrüßt da, wie wenn überhaupt noch nie was gewesen wäre. Und haben sich gefreut, daß sie sich nach so langer Zeit wieder sehen und ausgerechnet in Buchloe.

Dann sind sie gekommen, wie sie dann gemerkt haben, daß wir nachhause kommen.

Keiner hat sich um mein Kind gekümmert, obwohl ich das als Wichtigstes empfunden habe.

Unter, unterm Erdboden war. Und da regnete es noch rein.

Jetzt haben wir wieder alles. Jetzt brauchen wir nicht mehr im Dunkeln, nicht mehr so, so nuscheln rum. Und, und dann ziehen also die Amerikaner ein. Und wir hatten vorher noch eine Schnapszuteilung bekommen.

Also die anderen, die nicht in der Nähe waren, die von dem Vorfall nichts wußten, die glaubten nämlich, es wären Deutsche, die da irgendwie versteckt wären und da schießen anfangen.

War Professor am hiesigen Realgymnasium für Französisch und da habe ich mich verabschiedet und habe gesagt, ich möchte jetzt gehen. Und sage ich auf Wiedersehen, vielleicht sehen wir uns wieder.

Und, und das, also Politik an und für sich, da hat mich, ich habe mich mehr für Mode.

Aber ich habe das damals eigentlich nicht so empfunden, man ist jung, man hat, man sucht einfach was.

Die Begeisterung war nur, eben wie so, so zehn bis, bis dreizehn Jahre, da war die Begeisterung.

Nur hat mir das eine nicht gefallen, das muß ich sagen noch, meine, meine Schwester, also eine, die zweitälteste Schwester, war mit, mit einem Juden befreundet. Und der glaubte auch nicht, daß, daß das irgendwie schiefgehen könnte, oder, oder daß das solche Auswüchse hat. Wir hatten nämlich alle untereinander ein sehr gutes Verhältnis, also ein Schwesternverhältnis.

Aber ich machte mir damals auch so meine Gedanken. Mir tat das Kind in der Seele leid, weil es ein so, also sie wurden, wie, wie Aussätzige, also das war.

Und da ist der Lastwagen gekommen, und da ist also der Lastwagen gekommen und hat die mitgenommen.

So lieb und wert ist.

Sickert immer entweder etwas durch.

Der Mensch war mir dann nicht mehr sympathisch.

Wer blond ist und blaue Augen hat, darf mit nach München.

Blond war ich, aber blaue Augen habe ich natürlich nicht.

Ein, ja ist halt ein kleines Kind. Und da war ich eigentlich ein wenig enttäuscht, daß er so gar nicht begeistert ist von dem Kind, nachdem es doch ein Sohn ist.

Wissen Sie, wenn man so auf dem Land lebt, da ist man so so abgeschnitten, da denkt man gar nicht wie es überhaupt draußen aussieht.

Er war allerdings bei der Partei aber sein Vater war auch dabei. Und habe dann immer, ich habe dann verschiedene habe ich gekannt und es war einfach nichts, denke ich mir. Da habe ich dann immer, da habe ich dann weiter gedacht, also in dem, ich kann mir das nicht vorstellen, daß ich nochmal, also von einem anderen Mann ein Kind bekäme. Ich meine, sie warten immer auf ein, oder, auf einen Stammhalter und, oder irgendwie auf Kinder, nun ja, da sollte doch was, was weitergehn.

Man hat alles ferngehalten.

Niemand war so unhöflich, daß er einem irgendwie Unhöflichkeiten gesagt hat.

Ja nur neidisch.

Grad sonntags oder so. Das hat mir dann schon wehgetan. Also wenn man so alleinig dann ist.

Hat sie also das Ansinnen gestellt, sie möchte das Kind adoptieren. Also genauso gut hätte ich sterben können wie mein Kind hergeben. Sie war mir direkt sympathisch, möchte ich sagen, also es war, also so mir gegenüber war sie sehr.

Nun ha sage ich ja. Und dann sage ich, nun ja sage ich, das ist halt so. Und dann sage ich, nun ja sage ich, das ist halt so. Und dann. Und die Hebamme, die war, die war auch sehr nett. Also ich muß sagen, ich habe an und für sich immer sehr nette Menschen kennengelernt.

Also da ist mir dann so richtig zu Bewußtsein gekommen, daß ich da eigentlich ledig und was sich die anderen, die hat das so, so selbstverständlich, ich meine, ich habe also so, was so oberflächlich, so larifari, wissen Sie so gar nicht, daß ich mir, daß sich vielleicht andere Menschen was denken können dabei. Und nun ja es war dann ein Mädchen.

Man kann es ja nicht mehr wegputzen.

Das Mädchen ist größer geworden.

Die haben dann auch immer gelacht, und gesagt, also du bist dermaßen unbeschwert, denkst du dir denn da gar nichts, sage ich nein, sage ich, mir zieht niemand meine Kinder auf, für die muß ich selber aufkommen. Wie ich noch bei meiner Mutter war, da war es so, meine Mutter, die hat für alles gesorgt, und, und da konnte ich liegen bleiben, die versorgte die Kinder.

Meine Schwester die hat gar keine und die andere hat, hatte drei Kinder.

Also ich möchte fast sagen, daß es eine schöne Zeit war.

Aber der Vater der hatte alles in die Schweiz und da irgendwie angelegt.

Egoist.

Aussteuer, sehr gute.

Und, und damit war es für ihn erledigt, also.

Ich bin, ich bin sehr religiös.

Weg, also keine Höhen, keine Tiefen, so mitten durch.

Ja, die sind ja aber dann an zweiundfünfzig, einundfünfzig ist der Vater gestorben, 52, nein 51 die Mutter, 52 der Vater und 53 die Schwester.

Den Kindern nur den Pflichtteil.

Und Ehe war es an und für sich schon keine mehr. Das war, nur noch auf dem Papier.

Und dann willigte sie also 56 in die Scheidung ein. Und wir haben am 1. August 56 geheiratet. Und am 1. November kam also der Johann zur Welt, ehelich. Zum ersten Mal habe ich das dann genossen, ha, ha, wie man ehelich ein Kind zur Welt bringt.

Rührend war es eigentlich nicht, nur irgendwie zufrieden war ich da, denke ich mir.

Es ist ja zwar die, die. Wir sind jetzt, am Anfang sind wir noch eh sehr nett zusammen verkehrt. Und es ist nur dann auseinandergegangen durch die, nun ja, wir grüßen uns schon, schon noch, aber nicht mehr so herzlich wie früher. Die Forderungen sind nämlich sehr, sehr hoch geworden. Und jede eh Steigerung muß mein Mann mitbezahlen.

Was ihr mehr wert ist, Geld oder Freundschaft. Und dann habe ich zu meinem Mann gesagt, also unter diesen Umständen sehe ich das gar nicht ein, warum daß ich zu ihr noch ein nettes Verhältnis haben soll.

Ihr Freund Millionär.

Ist keine Ausgeberin, obwohl sie, also ihr einziges Hobby ist Mode. Ich meine, Mode kann natürlich auch sehr teuer sein. Aber dies wiederum bekommt sie ja von ihrem Freund, also daß sie das andere eh ganz, also auf die hohe Kante legen kann, wie man so schön sagt. Aber ich sage das, was nach uns ist, das ist ja, das berührt uns nicht mehr.

Mein Mann ist da schon sehr vorstellig geworden, beim bischöflichen Ordinariat. Und sie haben auch versprochen, daß es irgendwie geregelt wird. Entweder liegts daran, daß wir nicht die nötigen Gelder zuschießen, oder daß es einfach nicht gibt. Wie ist es denn möglich, daß die alles auflösen, müßte man doch meinen, daß man sowas auch auflösen könnte.

Irgendwie Ausflüchte bringen und nachdenken. Uschi, die wird jetzt fünfzehn.

Und wir haben unsere Kinder an und für sich alles sehr großzügig, ich meine nicht so großzügig, daß man sich vor, vor ihnen da, eh vor ihnen keine Geheimnisse mehr hat. Sondern einfach großzügig erzogen.

Schade, daß Sie sie nicht kennen lernen, sagte sie. So ein offener Mensch.

Kommt eigentlich mit allen Fragen.

Ich meine wenn sie irgendwie Begeisterung für jemand hat.

Ja?

Oder der, dann kommt sie zu mir und sagt, gefallt dir der, oder.

Die Uschi, zur Uschi habe ich gesagt, Uschile bei dir wird das jetzt also bald kommen.

Was? fragte ich.

Dafür kann man eh, können zehn Leute entbehren. Und keine einstellen. Es ist schon ein wahnsinniger Lärm, sehr laut. Wenn Sie einmal hinüber gehen, werden Sie selber schauen. Da wird man fast taub, wenn man dann hernach, da schüttelt man gleich den Kopf und sagt, ist das möglich, daß die Menschen da drinnen so lange sind, aber die merken das gar nicht mehr. Denen gehört das zum Rhythmus.

Nun abräumen, aufräumen wieder und, und nach kriegt der Hund zum Füttern. Nach wird der Vogel eh wird, wird dann geputzt Vogelkäfig.

Ich schlafe nämlich drüben und mein Mann schlaft herüben. Sie können es sich ja anschauen. Nachdem daß ich solange alleinig war, hat doch so, hat man so seine Angewohnheiten. Und das beeinträchtigt deswegen die Liebe nicht. Und ich finde es so schön am Morgen, da kann man dann so, so frisch zusammen, es ist, ich meine das, das sind Ansichtssachen.

Also ich mag in den Schrank hineinschauen. Ich mag

nachts aufstehen, wenn ich grad mal muß und so. Wenn ich mit meinem Mann schlafe, fehlt da was. Ist etwas los, und, und so, das, das mag ich nicht.

Ich kaufe selbst ein, ja, ich kaufe, also die täglichen Sachen so, die kaufe ich, also Fleisch und Butter und das, das hole ich täglich. Und die, die Nährmittel und das, das laß ich mir jeden Monat kommen.

Das Mädchen kocht, ja, die war bei einer, die hat bei einer Fürstin hat die das Kochen gelernt und die kocht sehr gut, nachdem ich noch nie gekocht habe, vorher hatte meine Mutter gekocht.

Und wir unterhalten uns auch über religiöse Dinge und wir lachen sehr viel.

Mit so kuriose Begegnung mit Wunder auffährt.

Also ich glaube an die Muttergottes von Weyarn. Die ist so schön. Kennen Sie die? Die müssen Sie sich einmal anschaun.

Wie alt ist sie? fragte ich.

Ein Jahr älter wie ich, 48.

Also wenn wir mit der Küche fertig sind, dann mache ich dann meistens, mache ich so ein kleines Nickerchen. Und ich brauche das einfach, ich habe einen sehr niederen Blutdruck.

Herzkrank war, sehr stark. Ins Internat weggegeben, jetzt hat er gerade Ferien.

»Waffenschmied« hat mich sehr interessiert.

Die einen die sind aus der aus der, das ist eben der von dem technischen Verein wo die Herren drinnen sind, da kegeln dann die Damen. Man merkt, daß man nicht nur selber Sorgen hat, daß andere auch ihre Sorgen haben. Genau wie der Mond auf uns einen Einfluß hat, so so hat auch das Leben einen Einfluß. Das ist eben unser freier Wille. Sie kommen immer wieder auf Ihr Vorbestimmtes retour. Und vor allem es ist wichtig, daß man überhaupt einen Glauben hat. Die können ja zu garniemand gehen.

Also unberufen toi toi toi.

Ich will nur so viel, daß ich, daß ich leben kann. Ich meine nicht, wie eine Maus oder ein Maulwurf.

Ausbedungen.

Erbe verzichte.

Mein Mann hat mir zur Morgengabe ein Haus geschenkt.

Meine Kurzschrift und Maschinenschreiben.

Ich habe auch gar, ich habe auch gar kein Ding.

Wie er mir das Haus da eben nur als Morgengabe gegeben hat, habe ich dann nur und selber wäre er gar nicht draufgekommen, das hat dann ein, ein Buchprüfer vorgeschlagen. Und das ist das Haus und sie liegt im Bett.

Wir haben neue Häuser gebaut etwas da draußen und das war Altbau. Mieten kommen keine rein. Reparaturkosten. Wir jetzt da die neuen haben.

Habe es sehr gut sehr gut verzinst. Ungefähr so, wie wenn ich es auf lange Zeit mein Geld festgelegt hätte.

Firma hat.

Ich sage Ihnen Geld ist für mich überhaupt kein also gar kein Gegenstand zum Diskutieren.

Ja, aber ich habe heute über meinen Vater nachgedacht das war eigen, ha nun Galgenstrick ist nicht der richtige eh.

Equippasch.

Schießgrabenredoute fahren.

Eh keinen Pfennig Geld dalassen.

Und das Mädchen bezahlt auch mein Mann. Für den Haushalt habe ich 1000. Und die, die Putzerin, die einmal in der Woche kommt, zahlt auch mein Mann.

Schon lieben, liebend gerne, meine ganzen Bücher, die ich, die ich gelesen habe, die sind eigentlich alle noch von vorher gewesen. Die, die Perl Buck lese ich jetzt grade auch wieder so auf Etappen. Und am Schiwago lese ich schon über zwei Jahre. Kennen Sie das? Ach, das ist also, bis man da immer wieder hineinkommt und durch die Namen ist es doch also gell ja.

Und meine Uschi, die liebt Pferde über alles, Tiere insbesondere, also über alles. Wie wir unsere Kühe weggegeben haben, hat sie wahnsinnig geweint und geheult, also es war so furchtbar traurig.

Nun ja, da war ich aber noch ganz klein, wir sind da umgezogen in die Stadt rein. Wir haben ein sehr nettes, sehr nettes Verhältnis gehabt. Ich meine die Verhältnisse waren, wenn man es so betrachtet, nicht sehr geregelt.

Meine eine Schwester, die war sehr gut im Kaufmännischen, also wäre liebend gerne hätte hätte sie einen kaufmännischen Beruf genommen. Mein Vater war Immobilienhändler. Der hat mich dann immer, der hat mich sehr, sehr gern gewollt, also die Sympathie war nicht gegenseitig, die war nur einseitig von Seiten ihm. Und, und dann hat er uns so, so zu Weihnachten und so hat er dann schon immer, aber hauptsächlich mir hat er das meiste gegeben. Und nun habe ich mal zu meiner Mutter gesagt, komm laß ihn halt wieder herein. Wenn er Geld gehabt hat, hat er Massen Freunde gehabt. Muß er gestorben sein. Er ist so ganz sang und klanglos. Er hat dann wieder geheiratet vorher eine sehr nette Frau. Hieß damals so einen Englischen Fräulein, existiert heute auch noch. Die haben mich, die haben mich alle furchtbar gern gehabt.

Ich bin immer gerne aufgeschlossen für das Neue. Also auch heute, auch heute noch, ich mag gerne. Oder ist das für Sie irgendwie uninteressant?

Nun ja, ich finde, sagte ich, das ist teilweise ist es nicht richtig. Frau soll Frau bleiben und nicht dem Mann gleichgestellt sein. Wenn natürlich eine Frau vielleicht mehr verdient als ihr Mann, dann soll sie das aber trotzdem auch nicht dem Mann irgendwie fühlen lassen. Für den Mann ist das schon irgendwie eh deprimierend das überhaupt zu wissen. Also obwohl ich an und für sich modern denke, lehne ich auch zum Beispiel die, die Hosenanzüge zu jeder Zeit ab.

Man muß doch immer noch Frau sein, sagte sie.

Dann können sich genauso gut zwei Männer sich lieben verstehen Sie, sagte ich.

Frau soll Frau bleiben, sagte sie.

Nein, nein, nein, das war nicht mein Denken, sagte sie.

Nicht gleich heiraten, sagte sie.

Ich wollte immer so irgendwie was erleben. Wir waren damals 240 Mädchen.

20 sind genommen worden, also zur Lehre.

Also man mußte an und für sich.

Das war nur dadurch eben. Wie ich aus der Schule kam. Auf der Sportabteilung, das war mein Wunsch. Das wollte ich gerne haben. Wenn es möglich ist, dann möchte ich doch auf Sport gehen. Sie haben halt doch die Mädchen dahin. Also da war ich selig dann. Es waren auch Lehrbuben da. Also in die, in die weltliche Schule. Also war es das erste Jahr, war es nichts. Meine Schwester, hat in der Zwischenzeit ein Baby bekommen. Jetzt waren wir also wieder beisammen. Es war furchtbar nett und wenn sie immer einen Verehrer, oder, oder ich, oder wenn sie abends . . .

Wann haben Sie sich das erste Mal verliebt, fragte ich.

Wissen Sie, sagte sie, das ist so trollig wie man die Männer heute wieder so sieht.

Da haben wir auf dem Eis. Das war nicht zu weit weg von unserem Zuhause. Das war so wunderbar. Um 9 Uhr am Abend war da das Eis Schluß. So dunkle Wege, daß wir niemand.

Wenn Ihre Tochter so früh bussiert hätte oder was, fragte ich.

Da habe ich im Bad unten einen Mann kennengelernt, sagte sie, und der, das war, also das war dann die, die richtige große Liebe. Der war so beim Wetterdienst Metereologe. Im Krieg war er so. Meine Freundinnen haben mich beneidet. Und ich habe mich gesonnt in dem Glück da. So beständig war er eigentlich nie. Er war aus den Augen aus dem Sinn. Soll ich da heiraten? Aber mir haben seine Eltern sehr gut gefallen. Wissens, das und die in der SS. Die, die Ahnentafel. Das das so. Die da noch was rauskristallisieren. Warten wir bis das, bis das vielleicht besser wird. Und dann eines Tages habe ich so am 24. meinen Mann kennengelernt. Daß der in der Waffen-SS war? Nein. So ein netter Mensch so ein lustiger Mensch. Und was haben wir für einen Spaß gehabt zusammen. Meine Mutter hat auch immer gesagt, sagt sie, also der, das war doch nett. Weißt du noch, wie wir immer gelacht haben? Ich wollte lediglich nur nicht heiraten. 45 bin ich dann eines Tages spazieren gegangen mit meinem, mit meinem Kinderwagen. Und was, was das ist und woher das ist. So wie die Liebe vorher war, war es dann hernach einfach aus. Das ist komisch. Ich habe mich für jemand so begeistern können. Ich habe noch mehrere so große Lieben gehabt, die hat man da. Gib obacht vor die Männer. Da kann man nicht genug obacht geben. Da war man früher viel schenanter. Meine Mutter hat eigentlich auch mehr Vertrauen gehabt. Laß sie ruhig in dem Glauben, das alles gut ist, verstehe sie.

Und glauben Sie, daß die an einen richtigen Mann hinkäme. Ich weiß nicht, an was das liegt. Sie hat nämlich im Amt Parteiverkehr.

Durch das mit Textil und nun denke ich mir immer, wenn die Großen so was nicht abfangen können.

Was, fragte ich.

Firma, nicht, sagte sie. Wollen doch von unserem Geld was sehen, nicht. Eine Bank und so. Oder wie haben Sie das jetzt gemeint?

Ja, so in der Art, sagte ich.

Der Oberbürgermeister, sagte sie, der ist uns, er ist uns sehr gewogen, weil es schon eine über hundertjährige Tradition hat und noch immer im Privatbesitz. Ich weiß es nicht, bin ich so dumm, so dumm, oder, oder kann ich das nicht. Oder was ist da los, daß die so einen Stil treiben können. Ich meine natürlich. Aber nein das sin eigen die

Hauptp sonst beschäftigt sich mein Mann nur also für den lebt und stirbt. Also das ist sein ein und alles. Aber die sind nur Ding. Früher waren es sehr viel weibliche Arb also Arbeiterinnen. Und aber die sterben allmählig.

Ich schlief bei ihr.

Au, sagte sie, du tust mir weh. Nicht im Schoß, mit den Händen!

Mir fiel mein altes Nachtgebet ein:

In einer Vase ist Wahrheit
In einem Gewand ist Schweiß
In einer Maschine ist Rhythmus
Im Windstoß sind Blätter
In einer Vase ist Leere
In einer Feder ist Schwere
Im Schweinefleisch ist Blausäure
In dir ist Stalin
In einer Vase ist Zeit
In Finsternis ist Zeit
In einem Gipsabdruck ist Zeit
In einem Stromwerk ist Zeit
In Stroh ist Zeit

Dann träumte ich. Ich träumte: Hallo wer ist am Apparat? Bist du es Hilde?

Im Traum veränderte sich Hilda ein wenig zu Hilde.

Hilde: Hilde.

Ich träumte: Hilde! Hilde!

Hilde: Es ist ein grauer Tag. Und da es nach den beiden Fenstern geht, ist jeden Tag ein grauer Tag, weil wir visavis eine graue Wand haben. Die beiden bis sonst in den Mai mit Schnee bedeckten Fensterbretter haben jetzt im Winter nur vereinzelte Schneereste. Das ist die geringste Niederschlagsmenge, seit den 100 Jahren, da ich studiere. Höre, was das Fenster sagt. Es sagt: Sieh weg. Geh ins Zimmer. Beuge dich über ein Buch. Rücke den Stuhl zurecht. Versenke dich. Du versäumst etwas. Es ist immer noch besser, auf den Verkehr einen Blick zu werfen als zu lesen. Mit 5 Schritten ist das eine wie das andere entschieden. Vorbei muß ich immer an diesem Bett, auf dem dieser bekleidete Mensch liegt. Tot ließe sie mich kalt. Ich möchte einer Gerechtigkeit zuliebe, die ich schon erkunde, ihren Tod. Ich liebe tote Menschen. Sie haben immer recht. Sie geben dir recht. Beim Anblick eines Toten keimt in dir ein tolles Halleluja. Laß das aber nicht raus, denn der Park hinterm Leichenhaus soll es nicht mitbekommen. Jeder Vogel, der sich bewegt, soll sich daneben benehmen. Ich fasse schon wieder etwas Trost. Ich habe mir eine Teetasse durch die Hand an den Tisch genagelt, damit schon einmal dieser Körperteil nicht auf den Boden rutscht. Und was machst du?

Ich träumte, daß ich Wein trinke.

Hilde: Ob sie es merkt, wenn ich ihr das schwarze Kleid ausziehe? Ob sie es merkt? Schon lebe ich auf Zehenspitzen. Ich bin verwerflich! Um eines Kleides willen befürworte ich den Tod eines Menschen. Beim Heben ihrer Arme befällt mich Angst. Ich bin gelähmt wie beim Heben einer Riesenschlange. So eine weiße Haut hat sie wie immer. Sie hat immer nackt geschlafen. Aber auch abgestrampelt hat sie sich immer in der Nacht. Sie ist zu blöde, sich zuzudecken. Hörst du zu? Ich sehe sie nackt neben dem Kachelofen stehen. Da miaut die Katze vor der Tür. Sie dreht sich um und öffnet. Jetzt finde ich ihren Mund häßlich, rüsselartig, vorgestülpt, mit dicken aufgeworfenen im Platzen begriffenen Lippen. Ob sie lachte oder weinte, es war dieselbe Form. Sollte sie da nicht selber im Zweifel gewesen sein, ob sie lacht oder weint? Sie hat die typischen Lippen eines Schnullerkindes. Ein Schnuller schafft dicke häßliche Lippen.

Ich träumte, daß der Seemann und auch der Flieger das Lid halb geschlossen halten, weil sie von der Sonne geblendet werden. Und der Bauer schaut ebenso in die

Ferne auf seine Felder. Und der Feinmechaniker schließt seine Augen über dem Arbeitsstück, das er auf dem Schraubstock eingeklemmt hat, damit ihm nichts ins Auge fliegt. Und auch die Ärzte haben diese charakteristischen Berufsaugen, damit die Patienten meinen, sie sind im Gottesdienst. Und ich drücke ein Auge zu, weil es sich immerhin um meine Tochter handelt, aber eins, weil ich dich, Freundin meiner Tochter, brauche. Solltest du da nicht ihr die Augen zudrücken, damit sie dich auf keinen Fall erblickt, wie du ihr das Kleid stiehlst? Ich meine schon . . .

Hilde: Ihr Kleid sitzt nicht gut. Aber stehen tut es mir schon. Vorm Spiegel komme ich mir vor wie sie. Aber ich bin doch ein ganz anderer Mensch! Ach hätte ich keinen Zugang zu solch einem Bekleidungsstück gehabt. Sie ist zum Schreien nackt. Ich sehe sie nackt neben dem weißen Kachelofen stehen. Ich habe nie eine Schwester gehabt. Für sie war es ganz natürlich, nackt zu sein oder mit mir zu reden. Während ich mich hasse, wenn ich mit jemand reden muß. Können Sie denn dieses lange Telefongespräch bezahlen?

Ich träumte, daß ich das leicht könne.

Hilde: Ja? Es reicht, daß sie schnauft, und mich ihre Atemstöße zu Gedanken über Leben und Tod anregen. Es reicht, wenn sie in der Nacht lange auf einen Mann einspricht. Es reicht. Ich schlafe auch immer nackt, aber ich mußte mich erst Schlafanzügen bis zur Zimmerdecke entwinden. Sie ist auch ohne Mantel und ohne Unterwäsche nackt bei dieser Kälte nur in diesem schwarzen Kleid rumgelaufen. Und vergeblich. Nichts ist davon schwarz geworden. Du hast eine Stirne wie Shakespeare, sagte im Bett ein Mann zu ihr. Er war nicht rege. Sie hatte mir vorher gesagt, sie habe ein Jahr lang keine Freundschaft mehr gehabt. Sie hat ihn verschlungen. Sie hat gepumpt und gepumpt, bis er verschwunden war. Dann hat sie einen sehnsuchtsvollen Blick auf den Boden geworfen, wo seine Wäsche gelegen ist. Später ging ich aus dem Zimmer. Nach der Nachricht vom Tod ihrer Mutter hat sie nur noch von ihrer Mutter gesprochen. Sie hat ein schwarzes Kleid angezogen, ist auf die Straße hinunter und wollte zur Universität hinüber. Aber dann kam sie bald zurück, sie hatte nur ein paar schwarze Strümpfe gekauft. Ich zähle bis 3. Wenn du hergehst, schieße ich dich nieder. Das sagte sie zu mir. Und sie hat sich in die Brust geschossen. Nur eines stört mich, daß sie sich nach dem Tod ihrer Mutter das Haar geschnitten hat. Gewöhnt an ihr langes Haar, erscheint mir jetzt ihr Leib zu wuchtig. Wenn sie gewußt hätte, daß ihre Mutter bald stirbt, hätte sie sich bestimmt nicht die Haare so grell gelb gefärbt. Das sieht ja affig aus, diese Trauer und diese Haarfarbe.

Ein Mensch ist tot, toll toll toll, triumfierte ich im Traum. Kannst du jetzt nicht weg?

Hilde: Nein, ich habe mich mit Reißzwecken angeheftet. Jetzt kann ich es ja sagen: ich sah die Pistole: ich sah die Pistole durch die Luft wirbeln. Ich dachte, es handelt sich um ein Kindermodell. Es hatte auch so kindisch patsch gemacht. Es roch nachher nach Schwefel, nicht nach Pulver. Da ich ihr Kleid anhabe, spüre ich auch den Zwang, ebenfalls die Pistole zu gebrauchen. Sie hat nur ein kleines Loch über dem linken Busen. Eine Klammer und in 4 Wochen ist die Wunde an der Oberfläche verheilt. Eine schöne Pistole.

Ich träumte, daß ich »Mein Gott« sagte.

Hilde: Sag nicht immer mein Gott, sonst meine ich, ich habe keinen.

Ich träumte, daß es eben bei ihr auch schon eine Kleinkinderpistole tut. »Du bist doch so empfindlich.«

Hilde: Ich möchte ebenfalls hier nackt liegen.

Im Traum fand ich das erträglich, weil sie so jung war.

Hilde: Blöde ist nur, daß sie schwanger ist. Sie liegt im Wochenbett und im Krankenbett und ich sitze gesund auf einer Alltagskautsch, als säße ich auf dem Dach eines

Krankenhauses. Auf dem Dach des Krankenhauses hockt ein Geier, könnte man sagen. Ich werde jetzt einen Schlafanzug anziehen und über sie herfallen und sie küssen, bis sie tot ist. Der Tod ist über mich hinweggegangen, ohne mich zu versehren. Trümmer glimmen, die sich zu Krücken löschen lassen könnten. Ich könnte mir Glasscherben in die Augen setzen, wenn ich die Augen verloren hätte. Aber ich sehe, sehe – hören Sie mich? Ein Schlafanzug über dem schwarzen Kleid haha. Wenn mich jemand sieht! Der Kachelofen steht mit verschränkten Armen da. Die Katze ist halt nicht da. Sie macht vielleicht im Schnee eine Spur, die schneescheue Katze. Das Kind ertrinkt. Wahrscheinlich ertrinkt das Kind im Bauch. Ich weiß jetzt eben doch, was mich vor allem stört: das Bett ist eben nicht aufgebettet. Ich werde die Sterbende umbetten und mich an das Bett machen. Sie liegt auf dem Teppich und fällt auseinander. Wäre ich doch betrunken, ich würde mein Knie in ihren Schoß stoßen. Das kleine Loch in ihrer Brust gibt ihrem Leben Sinn. Die laue Luft im Bett entweicht. Es könnte mir übel werden, hallo? Da fällt die pralle Wärmflasche auf den Boden. Sie hat so etwas Totes. Papierfetzen hat sie im Bett, Kekse hat sie gestern noch gegessen. Wie kann man nach dem Zähneputzen noch Kekse essen! Aber sie hat sich ja nie die Zähne geputzt. Mit bemoosten Zähnen ist sie bei ihren Liebhabern gesessen. Wie Pferde werden diese Männer an dem geknabbert haben, was ihr aus dem Mund gewachsen ist. Ob ich ihr jetzt einen Kuß auf den Mund gebe? Peng!!! Wieder der Knall. Wieder der Geruch. Wieder der Kachelofen. Ein Polizist fährt vor mit seiner Frau. Er läßt den Motor laufen und stürzt ins Haus. Sie sitzt im Auto und weiß wahrscheinlich gar nicht, in welche Richtung sie den Zündschlüssel drehen müßte . . . Ich werde heute nicht sterben. Ich habe gestern keine Kekse gegessen. Oder stirbt sie nicht? Sie hat noch Kekse gegessen. Und ich sterbe. Ich habe keine mehr gegessen. Immer suchen sich die Gedanken eine Ordnung, die zum Verzweifeln alle menschlichen Regungen aushält. Das ist eine großartige Idee, Hilde, die dir da eben kommt: trage sie hinaus aus dem Zimmer. Aber um Gottes willen nicht in den Teppich gerollt. Ich habe doch jetzt den Boden mit Alleskleber beschmiert und mich draufgestellt, damit ich nicht umfalle. Mein Fall lüpft diesen schweren Teppich nicht, noch darauf mit ihr. Jetzt werde ich halt das schwarze Kleid wieder ausziehen. Ich werde einen Schlafanzug anziehen. Das tue ich. Schlafanzüge hatten sie für mich bis zur Zimmerdecke. Wieder einmal Weihnachten, bekam ich wieder 2 Schlafanzüge, einen von meiner Mutter und von der Großmutter dieselbe Überraschung. Was meinst du, wie oft für mich Weihnachten war. Mit der Unterwäsche decke ich sie zu, denn solange sie nicht tot ist, kann sie sich erkälten, wenn auch kurz. Ich werde mir von der Rhône-Mündung einen Schlafanzug holen. Warum soll für mich nicht auch einmal was von der Rhône sein?

Ich träumte: Komm! Komm! Mit oder ohne Schlafanzug.

Hilde: Ich werde von der Rhône-Mündung nur meinen Schlafanzug holen.

Ich sagte im Traum: Nimm nicht den Weg über die Rhône!

Hilde: Wohin habe ich denn die Rhône getan? Nur einen kurzen Flußabschnitt habe ich mir mit in das Studium, in unser Studentenzimmer genommen. Nein, nirgends paßt die Rhône hinein! Ich habe mir gedacht: Die Räume sind für gewöhnlich überheizt. Gehst in ein Altbauwohnungszimmer. Da ist die Luft nicht so zentralheizungstrocken. Und so habe ich es gemacht. Und so brauchte ich die feuchte Rhône nicht. Legte sie ins oberste Einbauschrankfach. Manchmal äußerte sie sich mit einem Rinnsal. Das ist Blut! Ich schmückte es mit einem Papierfetzchen. Das ist ein Segelboot! Ich dachte vorübergehend an eine Paddelbootfahrt. Sie endet an einem bestimmten Punkt des Ufers. Wenn ich halt meine Schlafanzüge halt doch wieder gewaschen hätte, dann hätte ich sie doch in der Rhône anziehen können. In Frankreich. Ich möchte Schlafanzüge sehen wie sie nisten! Ich habe soeben telefonisch einen Förderverein zur Gründung eines Naturparks für Schlafanzüge ins Leben gerufen. Immer hängen sie aus den Betten und jetzt gleiten sie mit geplätteten Beinen auf der Rhône. Dort könnte ich Schlafanzüge aus Gummi, im Schilf, anziehen. Auf einem trockenen Platz einen aus Löschblatt. Die Rhône zieht alle Schlafanzüge aus ihren Nistplätzen im Meer. Die jungen Meere müssen nämlich Schlafanzüge anziehen, um ihre Pubertät zu verbergen. Wenn den jungen Meeren die ersten Schamhärchen keimen, darf man sie nicht mit den Rasenmähern schinden. Rhône! Rhône! Rhône! Sie bewegte ein Bein. Es wird doch nicht eher mit mir aus sein? Wer meldet morgen ihren Tod, wenn ich heute sterbe?

Hallooooooooo Hilde, träumte ich! Öffne die Augen nicht und laß die Hände liegen Doppelpunkt Hilde bist du dir im klaren Komma was du am Leib trägst Fragezeichen rekapituliere Komma hast du nicht immer am liebsten Jeans getragen Fragezeichen versuche das jetzt in Erfahrung zu bringen Ausrufezeichen erinnere dich an das schwarze Kleid Ausrufezeichen Du konntest dich nicht an den Gedanken gewöhnen Komma es zu tragen Komma oder Fragezeichen erinnere dich Komma du wolltest 500 Schlafanzüge anziehen Komma erinnerst du dich Fragezeichen aber du wolltest einen anziehen Komma hast du darüber Klarheit Fragezeichen du dürftest also jetzt in einem Schlafanzug dasitzen Punkt Augen auf! Wie siehst du dich? Nackt und blutbeschmiert?

Hilde: Nackt und blutbeschmiert.

Sieh das Bettgestell an, träumte ich, und du wirst nicht ohnmächtig. Laß deine Augen über das Gestänge gleiten und versuche in der Luft mit dem Finger nachzufahren. Der Atem geht schwer. Wie geht der Atem?

Hilde: Der Atem geht schwer.

Und ich sagte im Traum zu ihr: Ich werde jetzt einen Schlafanzug anziehen, damit ich die Klarheit erlange, die ich mir davon versprochen habe.

Hilde: Ich werde mir jetzt auch ein Versprechen anlegen, damit ich schlafe.

Im Traum befahl ich: Hilde: buchstabier s i e d e n !

Hilde: Es iü än.

Und im Traum: Und wo geht die Sonne auf?

Hilde: Im Sieden.

Im Traum: Wo geht sie auf?

Hilde: Im Süden.

Traum: Wo?

Hilde: Im Norden.

Ich träumte im Süden. Und wo ist Süden? In Griechenland, und dorthin fährst du jetzt. Wie bin ich froh, daß du bei meiner Tochter wohnst. Ich will sie auf meine Arme betten.

Hilde: Ich will sie auf meine Arme betten.

Träumend: Wie soll ich denn gehen?

Hilde: Wie soll ich denn gehen?

Ich: Wie soll ich die Türe öffnen?

Hilde: Wie soll ich die Türe heften?

Ich: Öffnen!

Hilde: Öffnen!

Sagte ich: Die Klinke mit dem Ellenbogen niederdrükken.

Hilde: Den Ellenbogen niederdrücken.

Ich: Die Klinke!

Hilde: Was die Klinke?

Ich träume: Du tischt eine Suppe auf. Du hältst die Waage, damit kein Tropfen überschwappt.

Hilde: Ich tropfe . . . Ich mag aber nicht in einem Schlafanzug sterben!

– Ja warum denn nicht?

Hilde: In diesem Schlafanzug?

– Wenn du jetzt zum Bahnhof gehst, fühle dich wie ein Partisan!

Hilde: In einen Schlafanzug?

– Du kannst dir einen Schlafwagen nehmen.

Hilde: 2 Schlafanzüge habe ich an.

– Fein! Dann geht es doppelt schnell.

Hilde: Wie sie in meinen Armen liegt, das ist schon wenig. Wenn auch das meiste an mir der Pyjama ist. Fast wie ein Mann in viel Zigarrenrauch. Auch spüre ich wie ich denke. Diese Gedanken könnten sich direkt zu Anordnungen zuspitzen. Wenn ich keine Frau wäre, dann wäre ich ein Mann. Eine dritte Möglichkeit gäbe es für mich nicht. Doch: Ich komme!

Ich sagte im Traum zu ihr: Was hindert dich? Jetzt bist du stark. Jetzt tragst du sie auf den Gang hinaus. Sie stöhnt, das ist normal für eine Verletzte. Der Kachelofen macht dir die Tür auf. Hilde: Mir oder ihr?

– Ist doch egal. Der Gang ist friedlich.

Hilde: Gleich wirft er mir das Linoleum zu Falten auf.

Hilde, du befindest dich im Zug nach Athen! sagte ich.

Hilde: Wenn wir jetzt hinfliegen, dann gibt es keine Instanz uns auseinanderzuhalten. Was soll ein fremder Arm an mir. Wenn du mich liebst und erkennst den Arm deiner Tochter! Schrecklich hu huhuhu.

Huhu, das heißt, du fährst in ein Tunnel ein, ermunterte ich sie.

Hilde: Sie könnte schon ein wenig mittragen, wenn ich sie schon aus dem Abteil auf den Mittelgang trage. In Filmen trägt man Damen rum. Dazu paßt ihr geschminkter Mund.

–Was war das?

Hilde: Ein Schuß! Um Gottes willen! Was mache ich denn mit deinem Kind? Ich schwöre dir, ich habe die Pistole nicht bei mir. Und sie wird sie auch nicht in einer wachen Sekunde zu sich genommen haben. Hilfe!

– Hilde! Selbstauslöser wie beim Fotografieren!

Hilde: Es ist noch eine jede Uhr auf diesem Gang stehen geblieben. Für gewöhnlich nachtwandle ich diesen Gang entlang.

Ich simulierte: Kaffee. Wer wünscht einen Kaffee? Wie im Orientexpress.

Hilde: Die Zimmer, die von ihm weggehen, sind alle nicht bewohnt aber eingerichtet.

Ich: Verbessere dich doch: sind alle bewohnt aber nicht eingerichtet, du befindest dich in einem Schnellzugwaggon.

Hilde: Die Zimmer haben es schön, denn sie können wirklich mit ihrer Zeit anfangen, was sie wollen. Leider haben sie alles Gefühl für Verhältnismäßigkeiten verloren: eines der Zimmer habe ich an einem Vormittag im Park entdeckt. Ich: Aber Hilde, du fährst an einer Landschaft vorbei.

Hilde: Es suchte unter der Bank seinen Schlüssel. – Aber iwo: ein Mann geht in einen Schuppen. Hilde: Neulich kreiste ich im Fernsehturm und war erstaunt, hier das Klo vorzufinden. Vom Klo hätte ich das am allerwenigsten erwartet. Ich lud es zu einer Tasse Kaffee ein, wofür es sich schnöde bedankte. Ich konnte doch nicht hier öffentlich Wasser lassen. Hallo? Ich zahlte und ließ den Kuchen stehen. Bist du noch dran?

Noch ein paar Meter und du bist auf der Toilette, wollte ich sie bestärken.

Hilde: Ich treibe mich oft in der Stadt rum, um nicht mein Zimmer schon wieder mit meiner Anwesenheit zu belasten, hat es doch immer diese faulenzenden Zimmer vor den Wänden. Nehmen wir doch einmal unser Zimmer mit auf die Universität, habe ich meiner Zimmergenossin gesagt, damit es sieht, wo wir beziehen, was wir herschleppen. Wir vertrösteten das Zimmer auf einen späteren Zeitpunkt. Leider ist es ja so, daß wir bei allen

Antworten, die wir vom Zimmer erwarten, auf uns selber angewiesen sind, und ich bezweifle sehr, ob wir diese Antworten immer zugunsten des Zimmers geben. Und vor allem, was man sagt, die hämische Zurückhaltung der übrigen Zimmer, die nur für ihre Einrichtungen zur Verfügung zu stehen haben. Wie Gefängnisse um nichts kommen sie mir vor. Oder sind es vielleicht die Einrichtungen, die die Zimmer tyrannisieren, das wäre ein neuer Standpunkt. Kommoden, die andauernd ein Zimmer vergewaltigen. Ist *das* vorstellbar. Du bist so ruhig?

Ich sagte: Es hat eine beruhigende Wirkung, in der eigenen Tochter eine Kugel stecken zu wissen. Und 2 Töchter sind sogar schon tot. Und die Frau ist tot. Und das Haus, in dem man gelebt hat, ist abgerissen und man befindet sich in Urlaub, und die Geliebte ist unterwegs zu mir mit der ältesten Tochter, die vielleicht überlebt.

Hilde: Mein Problem ist jetzt, daß ich noch nicht am Ende dieses Ganges bin. Ein Ende, das mich immer herbeigezogen hat. Hätte ich doch manchmal nicht gewußt, wo sich das Klo befindet! Immer fiel mein Blick auf die Klotüre. Oft befand ich mich ohne rechte Begründung im Klo. Auch wenn ich auf die Universität wollte, packte ich hier mein Kollegheft aus. Im Winter ist das Ausziehen beschwerlich. Daß auch diese schweren Schafpelzmäntel in Mode kommen mußten! Und dazu diese langen Wildlederstiefel, bis ich die erst ausziehe! Mein Gott, ich kann nicht so oft scheißen, so oft ich mich in dieses Klo verirre! Hallo?

Meinst du, daß dein Telefonkabel bis Griechenland reicht? fragte ich.

Hilde: Wie wirst du denn dieses lange Telefongespräch bezahlen?

Das laß nur meine Sorge sein. Jetzt telefoniere ich mit dir und dann zahle ich, sagte ich.

Hilde: Es macht in gewissem Sinne Spaß, deine Tochter zu tragen. Ich könnte mir vorstellen, daß ich ein Kind zu

Bett bringe. Der Fluß hier, glaube ich, heißt Isar, der mitten durch München fließt, sagte sie eines schönen Tages, da sie schon im dritten Semester in München studierte. Bist du auch so unbefangen?

Ich antwortete: Bevor ich sie auf die Pädagogische Hochschule schickte, bleute ich ihr ein: Wenn du mit deinem Studium anfängst, dann hörst du nicht auf die Krakeeler hin. Du gehst, bevor du dich überhaupt festlegst, aufs Kultusministerium und versicherst dich, daß du auch genommen wirst. Du gehst zu einem Herrn Gschwendtner und versicherst dich seines Titels und redest ihn damit an. Zu dem ist sie dann auch hingegangen und hat ihren Namen gesagt. Wie der unseren Namen gehört hat, hat er gesagt: Ja freilich, mit dem Namen kommen Sie, solange ich hier sitze, schon zum bayerischen Staat. Sie war damals zum erstenmal schwanger und mußte das auch sagen, weil sie deswegen zu ihrem Mann nach München reinwollte. Nach München, überlegte er, da können wir schon was machen, aber ein Kind kriegen Sie? Da sieht man ja noch gar nichts. Einen Mann haben Sie schon dazu? Ich meine, das passiert ja, wenn man verheiratet ist, sagte er. Neulich war eine da, sagte er, die hat Kamphausen geheißen, die schickte ich gleich wieder weg. Mit solchen Namen wagen sich Leute zu mir!

Wenn ich erst da bin, sagte Hilde, dann lege ich deine Tochter in die Badewanne, dort kann sie in Ruhe sterben. Die anderen Zimmer werden sich eins kichern. Da lauschen sie mit ihren Bildern. Von wegen Schnellzugabteile! Jedes Passepartout hält sein Bild nach vorne, damit ihnen ja nichts entgeht. Ob die Bilder den Zimmern lästig sind oder nicht, zum Ohrenspitzen können sie sie gebrauchen, möchten sie sie dann auch wieder noch so gerne von den Wänden abwerfen. Ich höre die Wünsche der gereizten Parkettböden dieser Zimmer, ausgleiten soll ich und in den Staub ihrer unbewohnten Jahre rutschen! Die sind alle gekauft. Ein Schritt nur, und der Vermieter dieses unseres gemeinsamen Zimmers würde mir 20 Mark abknüpfen. Darum habe ich mich ja mit deiner Tochter zusammengetan, um den Mietpreis zu erschwingen. Aber so ist das nicht, daß ich einer Zimmerallee entstamme. Auch wir kämpften um jeden Quadratmeter: die Großmutter behauptete die Küche und über den Speiseplan regierte sie, der nur selten ein paar Pfennige in meine Hand spie. Und im Wohnzimmer hatte sich meine Mutter niedergelassen, das sie mit ihrem Bett besetzt hielt. Sie schaffte das Bettzeug nie unter die Kautsch, damit wir wußten, wer hier die Stellung hielt. Das dritte Zimmer war vermietet an eine Person, die nie da war, aber die absperrte, weil sie zahlte. Ich lief auf dem Gang hin und her, die ich ganze Gemeinden durch meine Seele hätte ziehen lassen wollen. Ich schlief hinterm Tisch auf der Küchenbank. Darum ist die Kautsch für mich ein Fortschritt, und ich tue mich schon deswegen mit meiner Kollegin schwer, nimm es mir nicht übel, weil sie das Bett innehat. Ich möchte ja nicht das Bett, aber sie hat es. Meine Mutter verzieh mir nie, daß sie mich geboren hatte – ein Sohn hätte auch den Mann ersetzt – gebären, dieses Zeichen extremer Weiblichkeit, das eines Sportlers unwürdig ist. Wir von der Küche . . . In mir tauchte der Wunsch nach einer Hausangestellten auf und ich behandelte meine Großmutter so. Du hättest deine Tochter sehen sollen, wenn sie bei Neuschnee unseren Teppich geklopft hat. Endlich! jauchzte sie, raffte den Teppich zusammen und flog auf das Grundstück hinterm Haus hinunter. So eine Begeisterung mußte sie bei einer Akkordarbeit empfinden! In der Hocke klopfte sie wie eine Maschine den Teppich. Unsereiner kann das nur mit einem Derwisch vergleichen. Den ganzen Nachmittag ging dann dieser alte Hanswurst von Grundbesitzer an seinem Gartenzaun auf und ab. So trottelig kann der gar nicht tun, als daß ich ihm seine Unschuld abkaufe. Schrecklich, daß man mehr Einsicht hat als Leben. Und wenn ein Leben schief gegangen ist, dann heißt es, das darf nicht mehr passieren. So. Wir sind im Bad. Jetzt blute dich aus. Ich bin eigentlich dumm, wenn ich sie weglasse.

Hilde, sagte ich, es macht mir nichts aus, wenn du meine Tochter in die Badewanne legst und selber sterbend über dem Waschbecken hängst.

Hilde: Ich muß ins Zimmer zurück, ich muß ihr den Schal holen, den ihr Vater aus Paris mitgebracht hat. Nach einem schmerzhaften Hexenschuß, sagte ihr Vater: Leg dir den seidenen Schal um. Sie tat es und augenblicklich wurde es besser. Den werde ich holen, vielleicht hilft er. Hallo, bist du noch da? Ich hole Geld zum Telefonieren. Wenn ich die Nummer nicht verwechsle, ist alles gut. Und meine Papiere. Ich komme mit dem Abendzug. Kannst du noch ganz kurz an der Strippe bleiben?

Ich sagte: Sie haben ja keine Ahnung, wie wenig Vergnügen man hat, wenn man sich nicht ums Geld zu kümmern braucht.

Hilde: Wenn ich die Nummer nicht verwechsle, dann ist alles gut. Deine Tochter hat das Telefonhäuschen zweimal in der Woche geputzt. 12,50 Mark waren es auch. Wenn ihr der Postbote was heraufgetragen hat, hat sie dem schon jedesmal 50 Pfennig gegeben. Bis gleich.

Seit ich hier bin, sagte ich, lese ich an einem Buch: Er hatte eine heldenhafte Gesundheit. Aber verschiedene Male während dieser Reise erlitt er Schwindelanfälle. Und gelegentlich stellte er verschwommene Mutmaßungen über die Größe der Blase an, die die Sonne auf seinem Rücken entstehen ließ. Zu seiner Erleichterung versuchte er durch angestrengtes Hinsehen festzustellen, ob der schlammige Gegenstand, den er am Flußufer ausmachte, ein Stück Holz oder ein Aligator war. Nur mußte er das sehr bald aufgeben. Es machte keinen Spaß. Immer ein Aligator. Das Ende dieses Gesprächs ist abzusehen, träumte ich, aber auch das meines Geldbeutels. Morgen muß ich endlich wieder das Klo in den Oleanderbüschen ausheben, auf das die Campingfreunde schon einen Gupfen geschissen haben, wenn ich will, daß in meiner Blechbüchse wenigstens die täglichen 20 Drachmen zusammenkommen. Wenn alle 5 Tage nur ein Tag wäre, dann könnte ich davon leben. Ein Bier kostet 11 Drachmen. Eine Flasche roter Retsina 5 Drachmen. Da kann ich heute nicht die ganze Nacht mit Schuschu schwätzen. Hilde könnte ich brauchen, wenn ich wieder eine Gruppe in die Höhle 7 Kilometer südlich von hier führe. Eine unerforschte, nicht katografierte Höhle, die vielleicht bis Sparta geht. Hilde könnte statt mir jeweils einen Tag vor der Führung in dic Höhlc gehen, um dort Tonscherben und Hühnerknochen zu verstecken, wobei ich immer Blut schwitze. Einmal könnte ja das ganze Gebirge auf mich sinken. Ich könnte Hilde am Ende der Höhle plazieren und über die Tropfsteine und den Mondstaub, der da drinnen liegt, zu ihr rennen, damit ich in sie eindringe, in ihr das Auge aufschlage und in diese Finsternis stiere. Ich brauche sie auch, damit ich endlich den beiden alten Nonnen das Silber aus der Kirche klauen und verkaufen kann. Sie müßte die strenge, die in den Schuhen, ablenken, die mir immer auf die Finger klopft, wenn ich was anfasse. Ich würde den »Schlitten« raufziehen. Du ziehst den Pullover aus und ich schau den Busen an. Ganz langsam werde ich dich aufmachen. Verwandtschaft Verwandtschaft könnte man da erzeugen. Viel lieber würde ich vögeln, statt hier zu warten. Michelle fängt schon an mit dem Tomatenschneiden. Thanases australische Freundin, die möchte, daß er mit ihr geht. I can't get Thanase to come with me, nennt sie es. Vielleicht schämen sich die Tomaten, weil ich so viel Geld vertelefoniere. Wenn ich noch eine Stunde ohne Glück sein muß, dann, träume ich.

Hilde: Hallo, ich fühle mich deiner Tochter gegenüber schuldig, weil ich noch so wach bin. Ich brauche ein Kuvert. Sie hat heute noch ein Trauerkuvert adressiert. An

Herrn Herrn . . . sie wollte dir den Tod ihrer Mutter, deiner Frau, mitteilen. Entschuldige mein Herr, Herr, daß ich dich verwende . . .

Ich schrie: Hallo Hilde! Um 20.50 geht dein Zug. Sieh dir nicht Österreich an! Sieh dir nicht Jugoslawien an!

Hilde: Ich kann dir nicht mehr das Foto von meinem Georg von der Wand reißen, der Reißnagel, mit dem ich es angeheftet habe, bringt die Fotografie langsam um, aber mein Georg lächelt. Schreiben sollst du ihm, meinem Bruder, nach Vormbach, damit er auch ein wenig von Filosofie mitkriegt, daß ich ihm schon noch meinen Bericht von meiner letzten Vorlesung geschrieben hätte . . . da der Professor gesagt hat . . . schreibe du ihm, daß der . . . Professor gesagt hat . . . daß . . . wenn wir die Probleme . . . die seit 1801 liegen geblieben sind, nicht endlich lösen . . . dann geht die ganze Menschheit zugrunde . . . mal sehen . . . mal sehen . . . wer von uns. . . überlebt . . .

Ich riß an der Telefonschnur, wollte sie erreichen: Hilde, steig aus, du bist in Athen. Athen ist die Hauptstadt von Griechenland. Hier ist natürlich die Akropolis mit schönen Wolken. Die Akropolis ist sehr alt und sehr berühmt. Sehr viele Menschen besuchen sie jedes Jahr. Du kannst einen Umweg machen und dir Delfi anschaun. Es ist neben Athen das beliebteste Reiseziel. An dritter Stelle ist schon Olympia. Hier haben wir Deutsche viel gegraben. Olympia ist sicher dein denkwürdigstes Ziel, daß du gern haben wirst, weil hier die olympischen Spiele ihren Ausgang gefunden haben. Noch heute werden hier jedes Jahr viermal die Fackeln angezunden und in alle Welt hinausgeschmissen.

Du befindest dich im Bus nach Patras. Links siehst du jetzt das Meer. Das ist das Meer, das wir nicht haben. Das Meer, das wir bei unserer Arbeit missen. Welcher Lehrer möchte nicht manchmal, daß dieses Meer das Geschwätz in seiner Klasse wegschwemmt. Und die vielen geplagten

Hausfrauen möchten gewiß, daß ihnen das Meer die Küche reinigt, damit sie eine halbe Stunde Zeit finden. Allerdings dürften nur rostfreie Geräte in der Küche sein. Aber das nur nebenbei.

Wir sind froh, daß wir mit diesem Bus fahren können. Mit einem Gefühl der Geborgenheit flitzen wir dahin. Es ist Zeit für ein Nickerchen. Wir dürfen froh sein, daß sich der Fahrer nicht auf einer Urlaubsreise befindet, wenn er auch guter Laune ist. Er gehört zu dem System der Busfahrer, die uns allerorten an einen sicheren Ort bringen und wieder nach Hause.

Ich träumte, daß die Kinder nicht immer auf das Meer schaun. Sie möchten hinein. Sie weinen, weil sich für sie das Meer nicht von der Luft unterscheidet. Kinder können nun einmal an der Luft keine Freude finden. Wir dagegen genießen sie. Wie bald wollen sogar die Bücher im Sand nicht mehr gelesen werden. Wir wollen nur noch von Sand umgeben sein und die Luft weht durch uns durch. Anfangs stöhnt mancher in der Hitze, dann findet er sich drein. Wenn einer über den Sand trottet, weiß man: er muß bald abfahren. Denn es ist schön hier, eigentlich zu schön, hört man. Und wer noch bleiben kann, freut sich. Da hat man Zeit, in sich die Kraft eines großen Menschen zu spüren, da ist man Odysseus und hat einen scharfen Blick. Auch das kann Urlaub sein, daß man sich erholt, indem man ein Leben aufschlägt wie einen Aktendeckel und entweicht. Man zertritt eine Feige. Findet Unrat interessant. In einem zerfallenden Boot erblickt man die eigene Frau. Ein kreisender Hund wird spektakulär. Du merkst das Fehlen einer Straßenlampenbirne. Da schenkt man sogar den Kindern wieder Aufmerksamkeit und filmt sie. Jeder darf zeigen, was er kann. Tauchen und Schwimmen sind die festen Bestandteile eines Badeurlaubs. Ein Handstand im Wasser ist etwas Außergewöhnliches. Sie können sich nicht vorstellen, daß sie sich an einem Winterabend über die Leinwand schwimmen sehen. Darum macht man diese Aufnahmen, damit etwas bleibt und der Urlaub nicht zu Ende geht. So schlagen Jahr um Jahr die Wellen an. Und wenn sich die Ehegatten untreu werden, dann haben sie hier ein Zeugnis ihrer Treue.

Aber kein Urlaub ohne Krise. Diesmal ist die Krise eine Kamera. Und wenn sich die Kinder schon zu schnell badeten, so wird jetzt alles zerhackt.

Edi, der mit seinem Wasserkrug bestimmt nicht schnell über den Strand gegangen ist, wird zum Springbock. Ein Kinderzelt um das gestritten wurde, wird jetzt zerrissen.

Einer, der gehen will, verschwindet wie erschossen.

Seht euch diese Frau an! Sie liest ein Buch. In Wirklichkeit sieht es aber aus, als stürbe sie. Ein schwarzer Badeanzug ist hier ein Omen. Der Tod ist bitter, das merkt man hier. Das Leben kurz, der Atem schnell. Wer ein Buch lesen will, sollte ein Gebetbuch nehmen. Solltest dich fragen, ob du gesündigt hast durch verirrte Blicke. Tragen wenig geschlossener Kleidung. Durch üppige Küsse. Und Reizen der Kinder. Aber in Wirklichkeit sind wir nicht so von Abschiedsschmerz zerrissen, wie es diese Kamera zeigen will. Im Gegenteil: ein gewisser Map und ich haben uns eine halbe Stunde Zeit genommen, 1 Pfund Reis zu waschen, weil er nach Lagerhalle roch. Und daher hat diese Kamera ein Ende gefunden wie schon manche vorher: sie ist an einem Stein zerschmettert worden. Wer die Wirklichkeit nicht anerkennen will wie sie ist, muß büßen. So hinterlassen wir einen verzerrten Eindruck. Können die Bärte nicht zeigen, die wir uns wachsen haben lassen. Keine Spur bleibt von den Gesprächen, die wir in die Nacht gesponnen haben.

Ausgeschlafen sind sämtliche Räusche.

Niemand
Wird uns anhören
Das Gewirr der Erde

Hat niemals gegolten
Umgebracht
Mit und ohne Gesetz
Am Ende der Dinge
Ist keine Geduld
Vergessen
Den Ruhm der Welt
Hast du Durst im Gebet
Die Tonerde
Weht

Der Tag wird kommen

Ach ja, die Erinnerung, so kurz vor dem Tod. Es begann mit einer Wiese, die ich damals geschenkt bekam, wie sie ein jeder einmal in seinem Leben geschenkt bekommt. Ich hätte mir gerade eine Kuh kaufen können mit meinem Einkommen, hätte mit ihr trauern können und von ihrer Milch hätte ich leben können, denn ich bin ein bescheidener Mensch. Aber, wie es in der Bibel so treffend heißt: Gott hielt weiterhin seinen Arm ausgestreckt, und ich mußte daran zappeln. Schließlich geht es darum, ob einer, der eine Wiese hat, seine Chance zu nutzen weiß. Ich lernte damals gerade Werner Herzog kennen, wenn ich mich recht erinnere, den ich auf jeden Fall abgöttisch verehrte. Seht euch seinen »Auguirre, der Zorn Gottes« an, sagte ich zu jedem, den ich traf. Ich muß schon sagen, es war mir damals schon immer, wenn ich zu einem sprach, als hätte ich mehrere vor mir. Ich wollte ja auch einen Film drehen, und das zukünftige Publikum ist überall. Aber wie kann man einen Film drehen, der aufs Haar dem gleichen sollte, was ich mir nicht vorstellen konnte? Wie gut, daß ich mich damals entschied, einen enormen Erlös für das Grundstück nicht für Tausende von Filmmetern mit Viehherden zu verschwenden, die doch nur bis zur Unkenntlichkeit zertrampelt hätten, was mir am Herzen liegt: ein Leben ohne Bedrängnis.

Film, das hat für mich mit Liebe zu tun, insofern man das Geld hat, was bei mir der Fall war. Noch lag diese Wiese brach und ich wanderte mit meiner Kuh jedes Wochenende zum Starnberger See, immerhin an die 10 Kilometer, um in ihm meinen See zu erkennen. Ich wollte ihn käuflich erwerben, aber es gab schon ein wenig Sozialismus. Nach 17 Jahren wollte ich plötzlich glücklicher sein als der Papst. Weil ich mit ihr, meiner deutsch sprechenden Französin auf diesem See gerudert bin, und sie im Sonnenschein gesagt hat: Wie können wir die Luft, in der wir stehen, den Boden, über den wir gehen, die Blätter eines Baumes, die im Wind rascheln, wie können wir einen Teil der Wolken, einen Teil der Erde als etwas erklären, das nur uns allein gehört? Und sie nicht mehr gehabt habe. Deshalb wollte ich all das käuflich erwerben und nicht nur noch vor Filmen sitzen, die mich immer wieder wie damals auf dem Starnberger See schaukeln ließen.

Ich tüftelte gerade an einem Generalunternehmervertrag, weil ich wissen wollte, ob ich aus den Kommanditisten nicht noch ein paar Millionen lockern könnte, den Hotelbau, der jetzt nutzlos auf meinem Grund stand, fertigzustellen. Ich hing gerade an der Strippe, dem Landtagsabgeordneten zu erkennen zu geben, daß ich ihm seinen Bankdirektor an den Hals hetze, wenn er mir den Termin für die Steuervergünstigung nicht um ein Jahr verlängert, da ein Telegramm auf diese unerfreulichen Pläne flatterte, ein Telegramm von der Süddeutschen Zeitung, ob ich nicht als Berichterstatter zu einer Westernretrospektive nach Wien fahren möchte. Es blieb mir keine Zeit, mich mit der Materie zu beschäftigen, da ich am Abend schon »My Darling Clementine« von John Ford sehen sollte. So saß ich schon mit der wieder jäh aufgerissenen Wunde, der unbedingten Sicherheit, mich richtig entschieden zu haben und mit meinem Revolver im Flugzeug. Jeder von den Dreien ein ganzer Kerl. Und jetzt war auch noch die Presse dabei, wie beim alten Landrush. Sollte ich dieses Flugzeug voller Schurken in die Luft jagen? Nur eine bedrohliche Bewegung und ich würde meine Zigarette im Pulverfaß ausdrücken, schreiend: Where was Moses, when the light went out? Aber wie schon bei den beiden Kontrollen kümmerte sich auch hier niemand um meinen Revolver, gerade als möchte man ihn nicht als Waffe anerkennen. Aber da stürzten wir auch schon ab in den Graben mitten in Wien, daß die

Leute auseinanderstoben. Ich folgte dem Pferdemist von der Spanischen Hofreitschule bis zur Albertina, in der damals das österreichische Filmmuseum untergebracht war.

Entschuldigen Sie, eine dumme Frage, sind das dieselben Wolken, die, die –?

Natürlich, antwortet mein Nebenmann, Prießnitz, ein freier Mitarbeiter des Museums, wie sich später herausstellte.

Natürlich was? Der Film erschien mir wie eine Mutter im Traum, wo sie viel jünger ist. Was du Ma, frage ich erstaunt. Und sie ist glücklich, daß ich mit so viel Freude akzeptiere, daß sie jung ist. Welche Frau möchte schon ihrem Sohn eine alte Mutter sein? Ich nicht. Aber warum ist heute das Mondlicht auf Tombstone viel schöner als sonst? Und die Schüsse des betrunkenen Indianers im Saloon sind so echt, daß es niemand auffällt, wie ich in den Saal einen Schuß aus meinem Revolver abgebe. Und jetzt dieser Regen. The cattle is gone, sagt ein Earp. Und James unter der Erde läßt Hoffnung schöpfen, daß es weitergeht, weil er hin ist. Schon taucht in »Red River« von Howard Hawks Coleen Gray wie damals in den Armen von John Wayne auf. Hör mir zu mit dem Herzen, sagt sie, die Hälfte des Tages gehört der Nacht. Und wie nie zuvor zerfloß ich beim Anblick des langen Haares von Coleen Gray. Sie wird jetzt auch schon gestorben sein, aber ich erinnere mich an dieses Licht. Im Film taucht bei Wayne ein Junge mit seiner Kuh auf und sagt, daß Coleen von den Indianern umgebracht worden ist. Meine Kuh ging in die Büsche, sagt er, so habe ich überlebt. Von nun an wird Wayne nur noch Rinder züchten und über Leichen gehen wie ich. Die gleich ausbrechende wildeste Stampede, weil ein Schleckermaul sich an den Zucker ranmacht und ein Blechtopf wie in der eigenen Küche zubodenklirrt, macht mich aus Lust am Erkennen dieses Lärms donnernder Rinder so heiter, daß ich lachend den

Revolverlauf abbreche und überhaupt nicht betrübt bin, daß ein Cowboy unter den Hufen umkommt, der eben noch an seine liebe Frau gedacht hat. Und in »The Big Sky« war der Originalton ebenfalls so fantastisch, daß ich gleich gar nichts verstand von dem altmodischen Amerikanisch und dem vielen Französisch. Die Leute, die sich mit Film beschäftigen, wissen, welchen Wert Hawks auf Sprache legte und normale Kinobesucher bekommen nur verdammte Synchronisationen zu hören. Ganz den Sinnen überlassen merkte ich meinen heimlichen Wunsch, von diesem Trapper Arthur Hunnicutt erzogen worden zu sein, der sich in der unentdeckten Welt des oberen Missouri besser auskannte als irgend einer, den ich je traf, in der unsrigen. Von wem habe ich schon was gelernt? Wenn mir nicht Jerry Lewis im Traum erschienen wäre, wäre ich heute noch Straßenkehrer! Als noch feststand, daß ein anderer nach Wien fahren werde, sagte er mir: Herby, sagte er, du wirst dich bald in einer der besten Cinematheken der Welt nicht wiedererkennen. Du wirst in dem Film »River of No Return« von Otto Preminger, der dir im übrigen nicht zu gefallen braucht, die Marylin Monroe sehen und deinem alten Leid verfallen. Du findest nicht, was du suchst, also mach dir einen Spaß daraus. Aber ich wollte nicht auf ihn hören und empfand in dem Gesang der Monroe nur meine alte Liebe wohltuend und nah. Ich konnte plötzlich wieder Französisch, das ich nie gelernt habe: Une main secourable . . . The body en action . . . Jeux de mains, jeux incertains . . . Ich fragte den Nebenmann, was das heißt. Ich wechselte bei der nächsten Vorstellung den Sitz, damit man den Blutfleck unterm Stuhl nicht auf mich bezog. So hatte mein Herz geblutet. Du bist es wert, daß ich dir ein Loch in den Kopf schieße, dachte ich neulich, als ich dem jungen Gautinger Buchhändler gegenübersaß, der mir eben erzählt hatte, daß er seine Jugendliebe, neben der er sich auf eine Bank gesetzt hatte, schlagartig nicht mehr mochte, als sie sagte, wie er mit der Hand ihren Kopf liebkosen wollte, er dürfe da nicht hinlangen, weil ihr Schädel nicht ganz zusammengewachsen sei. Vorsorglich nahm ich die Hand aus der Tischschublade. Herr Kirchheim, sagte ich schroff und wies ihm die Tür. Es ist schrecklich, aus welcher Gefühlsarmut heutzutage junge Männer sofort Geschäftsleute werden. 17 Jahre war ich einen Umweg gegangen, bis ich zu dem sagenhaften Hotelbau kam. Und wenn ich Kommanditisten und Gesellschafter betrog, dann nur, damit ein kolossaler Rohbau dastand. Ein Beweis, wie ich auf Geld und Moral pfiff, wenn meine heimliche Braut nicht wirklich neben mir stand. Als nächster Film stand »Vera Cruz« von Robert Aldrich auf dem Programm, dem ich in meiner Verfassung nichts abgewinnen konnte. Ich wollte nicht sehen, wie etwas endet, sondern wie es zu mir gekommen war. Ich sah in dieser Retrospektive damals auch den Film »Shane« von George Stevens in einer hervorragenden Kopie, die man vom Originalnegativ in Hollywood hat ziehen lassen und solange zurückgeschickt hat man sie, bis man wirklich eine optimale bekommen hat.

Damals kapierte ich erst, warum mir »Shane« als Kind so gefallen hat, weil ich auch wie der Bub Joey, dem im richtigen Augenblick das Spielzeug Shane erscheint, den Kaiser Sepp wollte, den wir gegen eine Limonade eine Auffahrt zu scinem Haus gruben, die er »Die Straße der 3b« nannte, der hätte doch dazu eine Chance gehabt. Aber unsere Lehrer kamen vom Krieg heim und sie brauchten uns Kinder nur, um ihren Krimskramsstoff loszukriegen, damit sie sich wieder als anständige Menschen fühlen konnten. Wie Grashalme stehen sie alle da und ducken sich unter meiner Erinnerung. Jeden Tag einmal außer Atem kommen, war eine ihrer wenigen Lehren. Aber im Kino treibt der Bub Joey das Geschehen weiter, indem er es dem Zuschauer überläßt, ob Shane, der für ihn nicht feige ist, obwohl sich jener im Saloon, als er für Joey Limonade holte, nicht doch schon feige verhielt, wie er sich einen Whisky über sein neues Arbeitshemd schütten läßt. Shane muß wohl oder übel noch einmal Limonade für Joey aus dem Saloon holen, und Joey sieht diesmal selber zu und Shane muß seinen Widersacher zusammenschlagen und als das geschehen ist, sagt Joey, daß Shane aufhören soll, es sind zu viele, Shane! Und Joey bestimmt, wann über Liebe gesprochen wird, indem er seine Mutter fragt, ob sie auch Shane mag, was längst offenkundig ist, und sie wiederholt bejahend den ganzen Satz. Und als Shane Joey den Revolver vorführt, den Joey im Verborgenen schon gehätschelt hat, taucht seine Mutter im Hochzeitskleid auf, was aus der Sicht der Erwachsenen peinlich ist, aber für Joeys großen Augenblick nur gebührend. Aber zurück in die Schule, zu den Salzsäulen der Gerechtigkeit, die für ein Kind nur noch die große Liebe übrig läßt, die bestimmt schief gehen wird.

Weil ich mich bei der Monroe schon so verrannt hatte, war es mir am gleichen Abend recht, daß in Club 13 die Pataki auf meinem Schoß einen aufreizenden Rhythmus hopste. Gedichte hat sie früher veröffentlicht. Sehr witzig. Und jetzt Frauenemanzipation. Sehr witzig. Ich steh auf emanzipierte Frauen. Aber wenn ein Bart wächst, wirds bedenklich. Alles beantwortet sie mit sehr witzig. Fahren wir nach Italien. Das habe ich schon oft gehört, sagt sie. Stürzen wir uns in den Ätna, sage ich. Keine Antwort. Pataki! Einen Kuß . . . Recht geschieht mir, daß in der Morgendämmerung die Amseln in meine einsamen Ohren ihre Pfeile schießen!

Am nächsten Morgen ist es schon 12 vorbei. In der Vorfreude auf die heutigen Filme werde ich schon wieder mächtig aufgebaut werden. Dieser Gary Cooper gestern in »High Noon« von Fred Zinnemann war zum Fürchten. Der Hilfssheriff, der ihn als erster verlassen hat und sich im Saloon betrinkt, wird beim Anblick der einzigen

Großaufnahme im Film vom Gesicht seines Chefs, der von draußen hereinsieht, wieder linientreu, bietet seine Hilfe an und wird in einem Mietstall zusammengeschlagen. Aber jetzt ist auch Cooper ein verlorener Mann. Der Bader legt ihm in seinem Saloon das Totentuch über, bloß der Film geht weiter. Soll er. Pyrker zeigt mir im Filmmuseum den Tisch voll Bücher über das Thema. Inwieweit bei »High Noon« der CIA die Hand im Spiel hatte? Ich weiß es nicht und laß ihn aus meiner Whiskyflasche trinken. Wie ich in den Büchern und Standfotos blättere, habe ich davor Angst wie Buster Keaton vor den Kühen in »Go West«. Diesen Western zeigte man leider in Wien nicht. Ich bräuchte eine hinkende Kuh, der ich den Stein aus den Hufen nehmen und eingraben könnte. Wenn ich dann Herrn Konlechner, den Leiter des Filmmuseums kennen lerne, wird er mir nicht ins Gesicht sagen: Was schicken sie uns da für einen Deppen!? Aber da sitzen wir schon bei einem Kaffee und ich spreche von dem wunderbaren Ton seiner Vorführungen. Herby, sagt er, Sie sind eben ein sensibler Mensch und merken das gleich. Andere, fährt er fort, sind von den Farben begeistert. Na und der Ton, fragt er sie. »A bißl laut«. Die haben kein Gespür für einen guten Ton. Jetzt fällt es mir wieder ein, als die Rede auf eine etwaige Jerry-Lewis-Retrospektive kommt, was mir der zugeflüstert hatte, daß ich dem kompetentesten Menschen für Tontechnik begegnen werde. Ich schämte mich fast, denn ich wußte es von J. L. Doch keine falschen Gefühle. Da fängt Nemeczek vom Zeitschriftenmagazin DER SPIEGEL damit an, daß er es arrangieren könnte, daß ich »Jerry Lewis leibhaftig die Hand geben werde«. Wenn du die Monroe in Wien hörst, hatte mir Jerry gesagt, mußt du wissen, daß ihre Stimme überhaupt nicht verzerrt ist wie sonst im Kino. Denn dieser geniale Konlechner hat selber ein Schaltgerät gebaut, und das No Return hörst du aus einem Hauptverstärker mit 120 Watt, der also zum geringsten Teil ausgelastet ist, ein No Return ohne Verzerrungen, ein No Return mit großer Dynamikreserve, Vorverstärker, die eigens ausgewählt worden sind, weil sie meistens die Dynamik begrenzen, und einen unerhört großen Aussteuerungsbereich für dein No Return haben, wie es sonst kein Kino für nötig erachtet. Bei dieser neuen Sicht des No Return ist mir auch meine Zukunft klar: mein Grundstück stelle ich der Gesellschaft im Erbbaurecht für 99 Jahre zur Verfügung, was mir jährlich 100 000 Mark einbringt nach Amerika, denn damals faßte ich den nie bereuten Entschluß nach Amerika auszuwandern. Nichts sprach damals mehr für Amerika, denn wie in seinen Filmen schuf es jetzt auch in der Wirklichkeit um der Siege willen Wildnisse, es blieben allerdings neuerdings die Siege aus. Ich setzte mich allerdings wieder durch.

Es kam mein letzter Tag in Wien, mein letzter Film »The Searchers« von John Ford, der beste Film und meine persönlichste Schwäche. John Ford: Die Tragödie eines Einzelgängers. Der Mann, der aus dem Bürgerkrieg zurückkam, wahrscheinlich rüberging nach Mexiko, Bandit wurde, wahrscheinlich für Juarez oder Maximilian kämpfte – eher für Maximilian, wegen der Medallie. – Ja, die Medallie, die man von all dem nur sieht, hat eine Krone. Da ich weiß, was ohnedies passiert, nämlich daß die Wilden die Männer dieser Farm durch einen Rinderdiebstahl weglocken werden, damit sie die Farm und ihre Bewohner vernichten können und das Mädchen Debbie rauben, schließe ich aus der Art, wie die Schwägerin, bevor sie umkommt, den Mantel des Heimkehrers Wayne nimmt und aus Ward Bonds Ausdruck und daraus – als ob er nichts bemerkt hätte, daß diese Debbie, seine Nichte, die er jahrelang bei den Wilden sucht, seine Tochter ist. Als er endlich mit ihrem Bruder Martin Pawley sie im Zelt des Häuptlings findet und sie am nächsten Morgen verstohlen zum Lager der beiden kommt, ruft Martin:

Debbie! Debbie! I'm Martin! I'm Martin your brother, erinnere dich. – Ich erinnere mich. Immer. First I prayed you come and get me, take me home du bist nicht gekommen. – Aber jetzt bin ich da. Das ist mein Volk, sagt sie, und etwas auf indianisch. Go! Go Martin! Bitte. Da sagt Wayne unerbittlich: Stand aside Martin! Er will Debbie erschießen. Martin: Ethan no you don't! Und jetzt messerscharf Wayne: Stand aside! Auf die Seite! Muß ich sagen, da es letzten Endes keinen Unterschied macht, ob man die Geliebte, die Tochter oder die Schwester sucht, daß ich endlich nach Jahren in der Karosserieabteilung des Auto-Ford zurück in Deutschland selbständig geworden war, weil ich ein neues Verfahren nahtlosen Schweißens erfunden hatte, mich auf den Weg nach Paris machte, wo ich diese Französin fand und sie mir so fremd war, daß ich sie umbringen hätte wollen? Ich will nicht vertuschen, daß eine Wilde geworden zu sein und sich dazu zu bekennen, für einen Amerikaner unerträglich ist. Wayne von einem Pfeil verwundet, läßt Pawley sein Testament vorlesen, worin er nach der Feststellung, daß er gesund ist, bei Vernunft ist, und ohne Blutsverwandte, seinen ganzen Besitz Martin Pawley vermacht. Doch die Suche geht noch 3 Jahre weiter. What makes a man to wander? Am Ende bringt Wayne Debbie heim, die vor ihm wegrennt und furchtsam auf seinen Armen getragen wird. Als die Musik, die die Zuschauer immer buhen läßt, einsetzt, sieht man sie nicht ins Haus gehen, sondern mit dieser Musik kommt der verwirrte Mose Harper ins Bild, der halbnackt endlich in seinem Schaukelstuhl sitzt, was die Zuschauer leider nicht zu deuten wissen. Er ist zufrieden. Wayne ist sofort wieder im Freien und sucht weiter, denkend: I just sell sincerity. And I've been selling the hell out of it ever since I got going. Es ist gleichgültig, was das heißt. Aber vielleicht kann er einmal vergessen. Alles vergessen. Wenn dieser Film von mir wäre, hätte ich nichts mehr zu sagen. Aber das Flugzeug erhob sich und trug mich nur zu einem anderen Ort.

Inhalt

Von Herbert Achternbusch erschienen im Suhrkamp Verlag

Hülle. *Drei Erzählungen*. 1969
Das Kamel. *Vier Erzählungen*. 1970
Die Macht des Löwengebrülls. 1970. *edition suhrkamp* 439
Die Alexanderschlacht. 1972. *suhrkamp taschenbuch* 61
LÉtat c'est moi. *Erzählung*. 1972. *edition suhrkamp* 551
Der Tag wird kommen. *Roman*. 1973
Die Stunde des Todes. *Roman*. 1975

Alphabetisches Gesamtverzeichnis der suhrkamp taschenbücher